国际大奖小说

纽伯瑞儿童文学奖银奖

波普先生的企鹅
Mr. Popper's Penguins

[美] 理查德·阿特沃特　弗洛伦斯·阿特沃特 / 著
[美] 罗伯特·罗素 / 绘
安聿麒 / 译

天津出版传媒集团

新蕾出版社

图书在版编目（CIP）数据

波普先生的企鹅/（美）阿特沃特,（美）阿特沃特著;（美）罗素绘;安圭麒译.
—天津:新蕾出版社,2011.1（2025.9重印）
（国际大奖小说）
书名原文:Mr. Popper's Penguins
ISBN 978-7-5307-4978-4

Ⅰ.①波…
Ⅱ.①阿…②阿…③罗…④安…
Ⅲ.①儿童文学–中篇小说–美国–现代
Ⅳ.①I712.84

中国版本图书馆CIP数据核字（2010）第226658号

Mr. Popper's Penguins by Richard and Florence Atwater
This edition published by arrangement with Little, Brown and Company (Inc.), New York, New York, USA. All rights Reserved.
Simplified Chinese translation copyright © 2004 by New Buds Publishing House
ALL RIGHTS RESERVED
津图登字:02-2004-85

出版发行:新蕾出版社
http://www.newbuds.com.cn
地　　址:天津市和平区西康路35号（300051）
出 版 人:马玉秀
电　　话:总编办(022)23332422
　　　　　　发行部(022)23332351　23332677
传　　真:(022)23332422
经　　销:全国新华书店
印　　刷:天津新华印务有限公司
开　　本:880mm×1230mm　1/32
字　　数:45千字
印　　张:4
版　　次:2011年1月第1版　2025年9月第42次印刷
定　　价:25.00元

著作权所有，请勿擅用本书制作各类出版物，违者必究。
如发现印、装质量问题，影响阅读，请与本社发行部联系调换。
地址:天津市和平区西康路35号
电话:(022)23332677　邮编:300051

前言

一辈子的书

梅子涵

亲近文学

一个希望优秀的人,是应该亲近文学的。亲近文学的方式当然就是阅读。阅读那些经典和杰作,在故事和语言间得到和世俗不一样的气息,优雅的心情和感觉在这同时也就滋生出来;还有很多的智慧和见解,是你在受教育的课堂上和别的书里难以如此生动和有趣地看见的。慢慢地,慢慢地,这阅读就使你有了格调,有了不平庸的眼睛。其实谁不知道,十有八九你是不可能成为一个文学家的,而是当了电脑工程师、建筑设计师……可是亲近文学怎么就是为了要成为文学家,成为一个写小说的人呢?文学是抚摸所有人的灵魂的,如果真有一种叫作"灵魂"的东西的话。文学是这样的一盏灯,只要你亲近过它,那么不管你是在怎样的境遇里,每天从事

怎样的职业和怎样地操持,是设计房子还是打制家具,它都会无声无息地照亮你,使你可能为一个城市、一个家庭的房间又添置了经典,添置了可以供世代的人去欣赏和享受的美,而不是才过了几年,人们已经在说,哎哟,好难看哟!

谁会不想要这样的一盏灯呢?

阅读优秀

文学是很丰富的,各种各样。但是它又的确分成优秀和平庸。我们哪怕可以活上三百岁,有很充裕的时间,还是有理由只阅读优秀的,而拒绝平庸的。所以一代一代年长的人总是劝说年轻的人:"阅读经典!"这是他们的前人告诉他们的,他们也有了深切的体会,所以再来告诉他们的后代。

这是人类的生命关怀。

美国诗人惠特曼有一首诗:《有一个孩子向前走去》。诗里说:

> 有一个孩子每天向前走去,
> 他看见最初的东西,他就变成那东西,
> 那东西就变成了他的一部分……

如果是早开的紫丁香,那么它会变成这个孩子的一

部分;如果是杂乱的野草,那么它也会变成这个孩子的一部分。

我们都想看见一个孩子一步步地走进经典里去,走进优秀。

优秀和经典的书,不是只有那些很久年代以前的才是,只是安徒生,只是托尔斯泰,只是鲁迅;当代也有不少。只不过是我们不知道,所以没有告诉你;你的父母不知道,所以没有告诉你;你的老师可能也不知道,所以也没有告诉你。我们都已经看见了这种"不知道"所造成的阅读的稀少了。我们很焦急,所以我们总是非常热心地对你们说,它们在哪里,是什么书名,在哪儿可以买到。我就好想为你们开一张大书单,可以供你们去寻找、得到。像英国作家斯蒂文生写的那个李利一样,每天快要天黑的时候,他就拿着提灯和梯子走过来,在每一家的门口,把街灯点亮。我们也想当一个点灯的人,让你们在光亮中可以看见,看见那一本本被奇特地写出来的书,夜晚梦见里面的故事,白天的时候也必然想起和流连。一个孩子一天天地向前走去,长大了,很有知识,很有技能,还善良和有诗意,语言斯文……

同样是长大,那会多么不一样!

自己的书

优秀的文学书,也有不同。有很多是写给成年人的,也有专门写给孩子和青少年的。专门为孩子和青少年写文学书,不是从古就有的,而是历史不长。可是已经写出来的足以称得上琳琅和灿烂了。它可以算作是这二三百年来我们的文学里最值得炫耀的事情之一,几乎任何一本统计世纪文学成就的大书里都不会忘记写上这一笔,而且写上一个个具体的灿烂书名。

它们是我们自己的书。合乎年纪,合乎趣味,快活地笑或是严肃地思考,都是立在敬重我们生命的角度,不假冒天真,也不故意深刻。

它们是长大的人一生忘记不了的书,长大以后,他们才知道,原来这样的书,这些书里的故事和美妙,在长大之后读的文学书里再难遇见,可是因为他们读过了,所以没有遗憾。他们会这样劝说:"读一读吧,要不会遗憾的。"

我们不要像安徒生写的那棵小枞树,老急着长大,老以为自己已经长大,不理睬照射它的那么温暖的太阳光和充分的新鲜空气,连飞翔过去的小鸟,和早晨与晚间飘过去的红云也一点儿都不感兴趣,老想着我长大

了,我长大了。

"请你跟我们一道享受你的生活吧!"太阳光说。

"请你在自由中享受你新鲜的青春吧!"空气说。

"请你尽情地阅读属于你的年龄的文学书吧!"梅子涵说。

现在的这些"国际大奖小说"就是这样的书。

它们真是非常好,读完了,放进你自己的书架,你永远也不会抽离的。

很多年后,你当父亲、母亲了,你会对儿子、女儿说:"读一读它们,我的孩子!"

你还会当爷爷、奶奶、外公和外婆,你会对孙辈们说:"读一读它们吧,我都珍藏了一辈子了!"

一辈子的书。

MR. POPPER'S PENGUINS

目录
波普先生的企鹅

第一章　静水小镇…………………… 1

第二章　空中之声…………………… 6

第三章　意外礼物…………………… 11

第四章　库克上校…………………… 17

第五章　麻烦上门…………………… 23

第六章　执照风波…………………… 29

第七章　库克筑巢…………………… 34

第八章　企鹅游街…………………… 39

第九章　理发厅内…………………… 46

第十章　愁云惨雾…………………… 50

目录
波普先生的企鹅

MR. POPPER'S PENGUINS

第十一章　葛蕾塔……………… 55

第十二章　嗷嗷待哺……………… 61

第十三章　经济困扰……………… 66

第十四章　葛林邦先生…………… 70

第十五章　波普演艺企鹅………… 75

第十六章　演艺途上……………… 82

第十七章　远近驰名……………… 88

第十八章　四月微风……………… 93

第十九章　杜雷克上将…………… 99

第二十章　再会，波普先生 ……… 107

第一章

静水小镇

九月末的一个午后,静水小镇显得舒适宜人。油漆匠波普先生正在收工回家的路上。

他扛着水桶、梯子、木板,真是举步维艰,身上还东一块西一块地溅满了油漆和石灰水,头发和胡子上也沾着壁纸的残屑。波普先生实在是个不修边幅的人。

经过街道的时候，路边嬉戏的孩童会抬起头来对他微笑；而家庭主妇们看到他时也会说："哎，那不是波普先生吗！我得记着叫约翰在春天把整间屋子漆完。"

没有人知道波普先生的脑海里究竟转着什么念头，也没有人会想到有朝一日他会变成静水镇上最出名的人物。

波普先生是个梦想家。就算在他忙着糊平壁纸，或是帮人粉刷房屋外墙时，也会忘了自己到底在干什么。有一次他将厨房的三面墙壁漆成绿色以后，居然把剩下

的一面漆成黄色,而女主人竟也没有生气而叫他重漆,反而非常喜欢他把房子搞成这样,还叫他保留原样不必再处理了。至于其他的家庭主妇,在看了这种式样之后也都很欣赏,于是没过多久,静水镇家家户户都拥有了一间双色厨房。

波普先生之所以如此心不在焉,是因为他老憧憬着那些遥远的地方。他从未离开过静水镇,但这并不是说他过得不快乐。他自己拥有一幢温暖的小屋,有挚爱的妻子,还有一双儿女,女孩儿叫珍妮,男孩儿叫比尔。尽管如此,他还是常常想着,如果他能在认识波普太太并安家立业之前,亲眼目睹这世界上其他一些什么特别的事物,那该有多么美好。比如说:他从未到印度去猎过虎,也未曾攀登过喜马拉雅山,更没有去南太平洋采集过珍珠,他甚至没有机会去看看地球的两极。

这真是让波普最最感到遗憾的事,他从未见过那无边无际的闪亮冰山和皑皑白雪。他多么希望自己不是一个静水镇上的小小油漆匠,而是一名科学家,那样就可以加入伟大的南北极探险了。正是因为这一切根本不能实现,所以他只能整日空想。

只要波普一听到城里有电影上演,而且题材是有关南北极的,他绝对会一马当先冲到售票窗口报到,而且一下子就是连看三场;如果图书馆买进了介绍南北极的

新书，他也肯定是第一个前往借阅。波普对于两极探险家的资料涉猎非常广，每每提起这些人名和事迹时，必如数家珍地滔滔不绝。他在这方面真可以称得上是一位权威呢！

夜晚时分是波普先生一天中最美好的时光，他可以坐在小屋里尽情饱览地球两端的冰雪世界。他一边读着书一边拿着去年圣诞节珍妮和比尔送给他的地球仪，书上所提的那些地点，他都要在地球仪上搜索出精确的位置。

此时此刻，他穿过街道时心里觉得轻松快乐，因为这一天已经结束了，而且现在也到了九月下旬。

波普先生走到傲足街四百三十二号一幢整洁的小屋门前，转身进门去。

"嗨，好老婆，"他一边说着一边把水桶、梯子和木板从身上卸下来，又亲了亲波普太太，"装修季结束了，客户都要求在明年春天以前完成粉刷工作，我已经把静水镇所有的厨房都漆完了，榆树街上全部新公寓楼的各个房间也已经糊上了壁纸，我想可能要等到明春以后才会有新的差事了。"

波普太太叹了一口气，"我有时还真希望你能找到那种全年都有事可做的工作，别干这种冬天没生意的活儿。"她说道，"你休假在家固然是好，可是老让我瞧着一

个大男人成天坐在屋里啃书本,也并不怎么好过。"

"我可以替你装修房子啊!"

"不必了,我是跟你说正经的。"波普太太坚决地说,"去年就是因为你无所事事,光是浴室你就漆了四遍,我想你还是适可而止吧。我现在最担心的是钱的问题,家里的积蓄不多,我敢跟你打包票,今年冬天我们还得跟往常一样过,没有多余的烤牛肉,没有多余的冰淇淋,连星期天也不例外。"

"那我们每天都得吃豆子啦?"珍妮和比尔玩够了,跑进来问道。

"恐怕是吧。"波普太太说,"别管这些了,去洗手吃晚饭。孩子他爸,把这些七零八落的油漆收好吧,又有好一段时间用不上了。"

第二章

空中之声

　　这天晚上,把两个小鬼打发上床以后,波普夫妇总算可以安顿下来,准备过个漫长宁静的夜晚了。傲足街四百三十二号的客厅整齐干净,与静水镇其他住户的客厅并没有太大的区别,唯一不同的是他们墙上悬挂着从《国家地理》杂志上剪下来的图片。波普太太拿起她的针

线活儿,波普先生则张罗着烟斗、书籍,还有那个小小地球仪。

有时波普太太一想到漫长的冬季就在眼前,不禁会轻轻叹息,她真怀疑家里贮存的粮食是否真能支撑整个冬天。

而另一头的波普先生可就没那么多担心了。他只要把眼镜一挂,马上就能陶醉在阅读旅游书籍的乐趣当中,一整个冬季都不会有任何工作来搅扰他。这时,他把地球仪摆在身边,又开始沉浸在阅读中。

"你在看什么?"波普太太问道。

"在看一本叫《南极奇遇记》的书,有趣极了。里头讲了一些人们远征南极的新发现。"

"老是看那些南极的书,不觉得烦吗?"

"才不会呢!当然,如果能够亲身经历那就最好了,我也不想呆坐在这里啃书。但是既然不可能去,就只能退而求其次啰!"

"那个地方一定很枯燥无趣,"波普太太说道,"听起来又冰冷又单调,只有漫天冰雪。"

"哦,不是这样的。"波普回道,"如果你去年跟我一起到毕乔戏院去看那出《杜雷克①探险记》,就不会觉得

---

①杜雷克,全名为法兰西斯·杜雷克(1540~1596),英国航海家。下文提到的杜雷克上将,与其同姓。——译者注

南极单调无聊了。"

"没错,我是没跟你去。我们现在已经没有什么闲钱可以看电影了。"波普太太语气中透出几分尖锐。她其实不是个难以相处的女人,但就是在担心经济问题时,会变得异常乖戾。

"好老婆,如果你跟我去看那部电影,"波普先生继续侃侃而谈,"你就会发现南极有多美。可是我觉得这里头最迷人的地方还要算企鹅,难怪那些探险家们会跟它们玩得不亦乐乎,它们可真是世界上最有趣的动物了。企鹅不像其他鸟类那样高飞在天,反而直挺挺地在地上走路,就像个小人儿一样,走累了就趴下来用腹部滑行。如果能弄只企鹅来当宠物不知该有多好。"

"宠物!"波普太太嚷道,"先是比尔要一只狗,接下来是珍妮要一只猫,现在你还想养企鹅。我可不要弄些什么宠物在这儿,它们把房子搞得多脏啊!我每天光是为把家里整理干净就已经有太多的事要做了,更别提还得花上大把钞票去供养它们。哎,我们不是养了一缸金鱼吗?"

"企鹅可聪明着呢,"波普喋喋不休,"孩子他妈你听,书上说企鹅捉虾的时候会全部聚集到冰岸边缘,可是它们不会就这样纵身跳下,因为可能有海豹在下头虎视眈眈地等着饱餐一顿。它们会在那儿你推我挤,直到

MR. POPPER'S PENGUINS

最后把其中一只推下海去,看看底下是否安全。我是说如果那只落海企鹅没有惨遭毒口,其他企鹅才敢安心地跳下海去。"

"你饶了我吧!"波普太太很激动,"我怎么听着它们怪野蛮的呢。"

"说也奇怪,"波普先生说,"所有北极熊都住在北极,而所有企鹅都住在南极。我想如果企鹅知道怎样去北极,一定也会喜欢北极那个地方的。"

十点了,波普太太呵欠连连,她放下手中的针线,"好啊,你继续看你那些野蛮的鸟吧,我可要去睡大头觉了。明天是九月三十号星期四,我得去参加妇援传教团的第一次聚会。"

"九月三十号!"波普先生兴奋极了,"你该不会是说今天已经是九月二十九号礼拜三了吧?"

"对啊,我想错不了!那又怎么样?"

波普先生放下他的《南极奇遇记》,火速冲到收音机旁。

"怎么样!"他重复着太太的话,按下收音机的开关,"告诉你,今天晚上是杜雷克南极探险节目的首播!"

"有什么大不了的,"波普太太说道,"不就是那么些人在地球的底端说:'嗨,妈妈!嗨,爸爸!'"

"嘘!"波普喝令着,把耳朵贴近收音机。

9 波普先生的企鹅

一阵嗡嗡声传来,突然,一个来自南极的微弱的声音飘进了波普家的客厅。

"杜雷克上将空中与您相会。嗨,爸爸妈妈!嗨,波普先生!"

"老天哪!"波普太太尖叫着,"他说的是'爸爸'还是'波普'?!"

"嗨,静水镇的波普先生!谢谢您来信对我们上次历险所拍摄的照片提出诸多指教。请您等候回音,但我们不是回信哟,请您守候一份惊喜吧。广播结束,广播结束。"

"你——写信给杜雷克上将?!"

"是啊,我写了。"波普承认道,"我写信跟他说我觉得那些企鹅多么多么有趣。"

"呃,我可不会干出这种事。"波普太太说。波普先生的举动可真让她一辈子也理解不了。

波普先生又拿起他的小小地球仪找到南极,"他居然大老远从南极跟我喊话,而且还提到我的名字。孩子他妈,你想他口中所说的'惊喜'到底是什么?"

"我猜不到,"波普太太回答道,"我得上床睡觉了。明天妇援传教团的聚会我可不想迟到。"

波普先生的企鹅　10

第三章

意外礼物

那天夜里，一半是由于伟大的杜雷克上将通过收音机对他空中喊话，一半是由于对上将所传达给他的信息充满好奇，波普先生辗转反侧、难以成眠，迫不及待地想知道上将话语中的含义。早晨到来，他没有地方可去，没有房子可漆，也没有壁纸可裱，他几乎为此感到遗憾了，

国际大奖小说

如果他有这些事情可以做,起码还能消磨一点时间。

"客厅要不要再裱一回壁纸?"波普问,"我手边还有好多八十八号壁纸,是上次替市长装修时剩下的。"

"我可不要。"波普太太语气坚定地说道,"现在贴的壁纸已经够好了,我今天要去参加妇援传教团的第一次聚会,可不想回来的时候看见家里到处乱七八糟的,还要我去收拾残局。"

"那好吧,老婆大人。"波普先生温和地说,接着又打点起自己的烟斗、地球仪,还有那本《南极奇遇记》。可是不知怎的,他今天看书的时候就是无法将精神集中在文字上,思绪不断飘向远在南极的杜雷克上将。杜雷克上将所说的"惊喜"到底是什么意思呢?

所幸的是,他并没等多久,那颗雀跃不宁的心便得以释放了。那天下午,波普太太还在参加聚会,珍妮和比尔也还没放学,前门突然铃声大作。

"大概是邮差吧,开个门不费事儿。"波普自言自语道。

铃声又响了,这次稍微大声了点。波普先生这才赶忙跑去开门。

站在门口的不是邮差,而是一位快递员,他带来一只大箱子,体积大得波普先生连见都没见过。

"请问这里是波普先生的家吗?"

波普先生的企鹅

"我就是波普。"

"这个包裹是从南极航空快递来的。哇,可真是翻山越岭啊!"

波普先生签了收据,仔细端详这只箱子,看见上头标满了注意事项,其中一条说,"立即拆封",有的又写着"保持冷冻"。他还注意到箱子上到处都打满了气孔。

你大可想见波普先生一将箱子弄进屋里便立刻找螺丝刀的情景。这下子他当然猜到了,这一定就是杜雷克上将口中所说的"惊喜"了。

波普先生卸下箱子外围的木板,里头有一层包裹用的干冰,他又将其中一部分拆除。此时,一声微弱的"喔"忽然从箱子深处传出。波普先生的心跳停止了!他以前的的确确在《杜雷克探险记》的电影中听到过这种声音。波普先生双手颤抖着,几乎无法拆除最后一层包装。

毋庸置疑了,这是一只企鹅!

波普先生惊得哑口无言。

但这只企鹅可不会哑口无言。"喔",它又发出声音了。这次它还把鳍肢伸展开来,高高跳起,越过零零散散的包装碎屑。

好一个结实的小家伙,大约两英尺半那么高,虽然体积约摸像个小小孩,可是外表看起来更像一位小绅士——前头穿着雪白平滑的背心,长长的黑色燕尾服轻巧

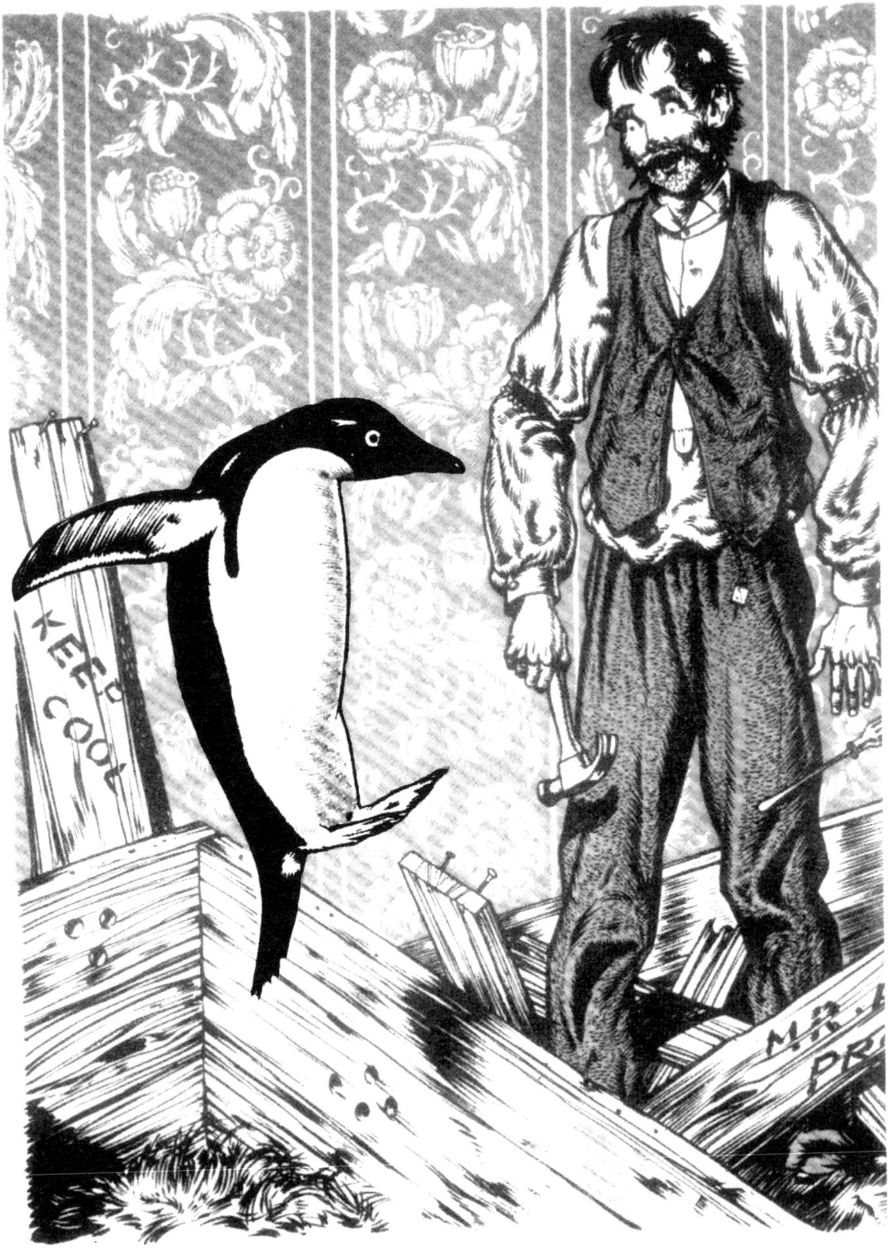
KEEP COOL

地拖曳在身后。它那乌溜溜的脑袋上，一双眼珠镶嵌在两个小白圈里。它左边瞧一瞧，右边望一望，就好像先用一只眼睛打量波普先生，再用另一只眼睛打量波普先生。

波普先生曾在书上读过，企鹅的好奇心极重，他很快便发现此言不虚。这位访客一踏出木箱，就开始审视整间屋子，然后又以它那既奇怪又夸张，还略带几分雄赳赳的步态沿着走廊进入卧室。它——哦不，现在或许应该说"他"，因为波普先生已经开始认定这小家伙是个人了——走进浴室四处张望，脸上充满愉快的表情。

"或许那些白瓷砖让他想起了南极的冰雪。可怜的小东西，怕是渴了吧。"波普思忖着。

他开始小心翼翼地将浴缸注满冷水，但这只好奇的鸟儿总是凑上来，用尖尖的红喙啄咬水龙头，着实给波普先生添了不少麻烦，最后好不容易才把浴缸注满了水。可是企鹅还是在那儿一个劲儿地左顾右盼，波普先生干脆把他抱起来泡到水里，小家伙也似乎并不介意。

"不错啊，你并不紧张嘛！"波普说道，"你大概已经习惯跟那些南极探险家一同玩乐了吧！"

他想企鹅澡也洗够了，就把浴缸塞子拔掉。正思索着下一步该怎么办时，放了学的珍妮和比尔就杀进家门了。

"爸爸!"两个小鬼在浴室门口异口同声地喊道,"这是什么东西啊?!"

"是杜雷克上将送我的南极企鹅。"

"看哪!"比尔叫着,"他在操练哪!"

这只乐不可支的企鹅还真的操练起来了。他在浴缸里头昂首阔步,俊俏的小黑脑袋还高兴地轻轻点呀点的,有时又好像在算步子似的,长六步、宽两步,再长六步、宽两步。

"这么大一只鸟居然踩这种小碎步。"比尔说道。

"你看那小黑袍拖在后头,看起来好像太大了吧。"珍妮也说。

过了一会儿,企鹅"练"烦了,就走到浴缸的一头,跳到光滑的浴缸边上,展开鳍肢,转过身来,用他雪白的肚皮从上面溜滑下来。那双鳍肢就像燕尾服的袖子一样,外层黑里层白。

"咕咕!咕咕!"企鹅叫着,一次又一次尝试着新把戏。

"爸爸,他叫什么名字?"珍妮问道。

"咕咕!咕咕!"企鹅又叫了,再一次用他那光滑洁白的腹部滑下。

"听起来有点像'库克',"波普先生说,"好吧,就这么定了。就管他叫库克——库克上校。"

第四章

库克上校

"叫谁库克上校啊?"波普太太悄悄走进来,根本没有人听到她的脚步声。

"哦,就是这只企鹅嘛。"波普先生回答道,"我们想用库克上校的大名为他命名,他是一位非常有名的英国探险家,曾航遍全世界。当然喽,虽然他并没有真正去过

南极，但是对于这个地域却有很多重要的科学发现。他英勇，又是个仁慈的领袖，所以我觉得库克上校这个称谓对咱们的企鹅来说真是再适合不过了。"

"拜托！千万不要！"波普太太叫道。

"咕儿。"库克上校又发声了。他扑扑地拍拍鳍肢，从浴缸跳到盥洗台上，站在上头察看了一会儿地势，接着又往下跳，溜到波普太太身边，开始啄她的脚踝。

"孩子他爸，叫他停啊！"波普太太尖叫着一路退到走廊上，库克上校紧追不舍，波普先生和两个小鬼亦尾随其后。波普太太退到客厅停了下来，库克上校也如法炮制，看来他还挺喜欢这个地方的。

一只企鹅杵在客厅里，这可真是个怪异的景象，但是客厅对于企鹅来说又何尝不是非常奇怪呢。一伙儿人看着库克上校兴奋的圆眼中闪烁出好奇的光芒，黑色燕尾服夸张地拖在一双淡红色的小脚丫后头，趾高气扬地从一把皮椅走向另一把皮椅，并一一啄上几下，好像要看看到底是什么东西做成的。看着这光景，连波普太太也不禁笑了起来。这时，库克突然转身往厨房走去。

"他可能饿了。"珍妮说。

库克上校快步往冰箱走去。

"咕儿？"他意带探询，转过身去朝波普太太慧黠地歪着他的小脑袋，用右眼定睛望着她，眼神中充满恳求。

"他真可爱!"波普太太说道,"我好像得原谅他咬我的脚踝,怕是好奇才会这样吧!哎,他真是只漂亮又干净的鸟。"

"喔?"企鹅又叫了,上翘的鸟喙在冰箱门的金属把手上细细碎碎地轻咬着。

波普先生为他打开冰箱门,库克上校直挺挺地站着,乌溜溜的小脑袋直往后倾,大概是想将冰箱里头看个清楚。可是现在是冬天,波普先生没有差事做,冰箱里并不如往常那么丰富,但企鹅可不懂那么多。

"你觉得他喜欢吃什么?"波普太太问道。

"瞧着吧,"波普先生说着将冰箱里所有的食物都搬出来,统统放到厨房的餐桌上,"库克上校,你瞧一瞧吧。"

企鹅跳到椅子上,再从椅子跳上餐桌边缘,他扑扑地拍打着鳍肢以恢复平衡。尽管他最后一样菜都没碰,但还是郑重其事地在桌子上绕场一周,饶有兴味地在各种菜肴之间穿来穿去,检阅每一样食品。最后他直挺挺地站定,扬起鸟喙直指天花板,发出一声洪亮又近似低吟的声音:"喔嗷嗷嗷嗷,喔嗷嗷嗷嗷。"他的声音打着战。

"那是企鹅用来表达高兴的方式。"波普先生解释着,他曾在介绍南极的书中看过相关的资料。

可是库克上校显然想表示他之所以这么快乐并非是由于那些食物,而是因为波普先生一家人所表现出来的仁慈。紧跟着发生了一件令人惊讶的事,库克从餐桌上跳下,走进饭厅里。

"我懂了。"波普先生说,"我们应该给他弄点海鲜、虾罐头之类的东西,或许他还不饿吧,书上说企鹅可以整整一个月都不进食的。"

MR.POPPER'S PENGUINS

"妈妈!爸爸!快来看库克干了什么好事!"比尔嚷道。

库克上校的确干了"好事"。他发现饭厅窗台上有一缸金鱼,就在波普太太赶过来想把他拎走之前,最后一条金鱼已经祭了库克的五脏庙。

"坏蛋!坏企鹅!"波普太太生气地责骂道,双眼恶狠狠地瞪着这个可恨的家伙。

库克上校心虚地蜷缩在地毯上,装出一副很卑微的样子。

"他知道自己做错事了,很聪明是吧!"波普先生说着。

"他没准儿可以训练出来呢。"波普太太说道,"坏!淘气上校!"她朝企鹅大声嚷嚷,"你坏!还敢吃金鱼!"说着还敲了库克上校那颗圆滚滚的黑脑袋一下。

波普太太还想再敲上一下,不过没等她出手,库克上校早已摇摇摆摆火速冲向厨房了。

冰箱门还开着,波普一家发现库克上校想躲进里头的冷却盘管下,但那里的空间小得可怜,所以他只能趴下身来。他的一双圆眼睛镶嵌在环状白毛中,在冰箱内部微暗不明的光线下显得神秘兮兮的。

"看来冰箱里的温度适合他,晚上我们可以让他睡在冰箱里。"波普说道。

"那食物放在哪儿呢?"波普太太问。

波普先生的企鹅

"哦,可以再买个冰箱放吃的嘛。"波普回道。

"你们看!他要睡着了!"珍妮说。

波普先生转动控温钮,将温度调节到最低,好让库克上校睡得更舒服些。他又把冰箱门微微开着,这样企鹅就有足够的新鲜空气可以呼吸了。

"明天我就叫冰箱服务部派人过来,在冰箱门上钻几个洞,用来通气。然后让他在门里头装个把手,这样库克上校就可以随心所欲地进出冰箱了。"

"老天!你饶了我吧!我可从没想过要弄只企鹅来当宠物。"波普太太抱怨道,"没错,大致说来他表现得好极了,干净又漂亮,甚至还可以为你和孩子树立良好的榜样。可是现在我得声明,我们大家还得各忙各的,今天我们除了一直看这只鸟以外,什么正经事儿也没干。孩子他爸,你行行好,帮我把这些豆子摆上餐桌好吗?"

"慢着!"波普喊了一声,"我突然想到冰箱底层可能会让库克感觉不对劲,企鹅是用大大小小的石头来筑窝的,我得从盘子上敲些冰块下来给他铺上,这样他就会比较舒服了。"

第五章

麻烦上门

翌日,对于傲足街四百三十二号来说可真是多事之秋。先是冰箱服务部的服务员,然后是警察,接下来又是饲养执照的问题。

库克上校待在孩子们的房间里,看着珍妮和比尔在地板上玩拼图游戏。自从他因为吃下一片拼图而遭比尔

责骂以后,就乖乖地再也不敢捣乱了。冰箱服务员来到后门,但库克并没有听到。

波普太太上市场给企鹅买虾罐头去了,波普先生只好单独待在厨房向服务员解释冰箱要怎么改装。

服务员把工具箱放在厨房地板上,先是看了看冰箱,随后又打量着波普先生。老实说,他今天还没刮胡子,整个人看起来邋里邋遢的。

"先生,"服务员开口了,"你不需要在门上钻通风孔吧?"

"冰箱是我的,我就是想在门上打几个小洞。"波普回答道。

波普先生明白,如果要让这个人照他所要求的去做,就必须向他说明自己打算在冰箱里养一只活生生的企鹅,而且晚上在冰箱门关上以后,还要确保他的宠物可以得到足够的新鲜空气。然而波普先生觉得要向这位仁兄解释整个来龙去脉实在有些麻烦,他根本不想跟这个冷漠的服务员讨论库克上校,因为这家伙老是用眼睛直勾勾地盯着他看,仿佛感觉他脑子有问题。

"快啊,就照我说的做,我会付钱给你的。"波普先生说道。

"你打算怎么付?"服务员问。

波普先生给了他一张五元纸钞,但想到这些钱不知

可以为妻儿买进多少粮食,又不免感到几分内疚。

服务员仔仔细细地检查了那张钞票,一副不怎么信任波普先生的模样,但最后还是将钱放进口袋里,又从工具箱中取出电钻,在冰箱门上钻了五个有模有样的小洞。

"先别起来,"波普先生说道,"等一下,活儿还没干完呢。"

"又有什么事?"服务员问道,"我猜你又要我把冰箱门从转轴上卸下来,这样就又有多一点的空气可以吹进去了对吧?还是你要我在冰箱外头给你装个收音机?"

"少开玩笑!"波普先生怒吼道,"耍嘴皮子也没用。爱信不信,我知道我自己在做什么。我是说,我很清楚我要你做什么。你给我在冰箱里头装个额外的把手,这样我们才能从里面把冰箱打开。"

"那可真是个好主意!"服务员说道,"你是想在里头加装一个把手。当然,当然可以!"他提起工具箱。

"你不打算做吗?"波普先生问道。

"哦,做,当然做!"服务员边说边往后门靠去。

波普先生发现尽管服务员满口承诺,但压根儿就没想替他装那个把手。

"你是个服务员没错吧?"波普先生开口了。

"是啊!这是你到目前为止所说的第一句人话。"

"还真优秀啊!你就是那种优秀到连怎么样在冰箱门里装个把手都不懂的服务员!"

"哦,我不懂是不是?我可不认为我不懂。你瞧,我工具箱里甚至还带了备用的把手,还有一堆螺丝钉。如果我真想装的话,根本不用劳您费神想着我到底会不会装。"

波普默默地把手探进口袋里,将身上仅存的一张五元纸钞也给了那服务员。他深知自己如此把钱挥霍一空,妻子一定会非常恼怒,可是他实在是无计可施了。

"先生,"服务员说话了,"算你行,我替你装上把手。可是我在工作的时候,你得坐在那边的椅子上,把脸朝向我,这样我才能注意你的一举一动。"

"好得很哪!"波普说着坐了下去。

当库克上校踩着一双粉红脚丫无声无息地进入厨房时,服务员正坐在地板上拧着最后一组螺丝钉,将新把手固定住。

库克上校看见一个陌生男子坐在地上,觉得很是惊讶,于是悄悄走过去开始好奇地啄他。而这时服务员惊讶的程度,比起库克更是有过之而无不及。

"喔儿。"企鹅出声了,也说不定这声音就是服务员发出来的呢。这时波普先生正好站起来,想要转过身去拿椅子,他简直搞不清楚这一眨眼的工夫到底发生了什

MR.POPPER'S PENGUINS

么事，只见各种工具器械一阵狂飞，后门砰地猛然关上，服务员也逃得无影无踪了。

听到这突如其来的响声，孩子们吓得跑了出来，波普顺便向他们展示了为企鹅而改装的冰箱，他把库克上校关进冰箱里，也想让他瞧上一瞧。库克马上就注意到

了里头那个闪闪发亮的新把手,便以他惯有的好奇心去啄了几下。冰箱门应声打开了,库克跳了出来。

波普先生立刻又将库克上校关回冰箱里,想确定他是否已经找到了诀窍。没过一会儿,库克上校便掌握了跑出冰箱的技巧,下一步就是学习如何开门进入冰箱了。

第六章

执照风波

这样,在警察来到后门之前,库克已能轻松自如地进出冰箱了,就好像他这辈子曾经在里头住过似的。

首先发现警察的是两个小鬼。

"看哪,爸爸,"比尔叫道,"后门有个警察,是来抓你的吗?"

"咕咕。"库克上校说话了,他正经八百地走到门边,想用鸟喙穿过门帘。

"这里是傲足街四百三十二号吗?"

"是的。"波普先生回道。

"嗯,我想就是这个地方。"警察说着指指库克上校,"那东西是你的吗?"

"对,是我的。"波普得意地说道。

"你是做什么的?"警察严厉地问道。

"爸爸是艺术家。"珍妮说。

"他老是搞得满衣服油漆和石灰水。"比尔也说。

"我是房屋油漆匠、装潢师。"波普先生说道,"你要不要进来?"

"不用了,"警察回道,"除非有必要。"

"哈哈!"比尔笑道,"警察怕我们库克上校。"

"嘎!"库克插嘴了,红喙张得老宽,仿佛在嘲笑这个警察似的。

"它会讲话吗?"警察问道,"是什么东西啊?——巨型鹦鹉吗?"

"他是只企鹅。"珍妮回答道,"我们的宠物。"

"哦……如果只是只鸟嘛……"警察说着掀起帽子搔了搔头,显出几分困惑,"瞧外头那个提着工具箱的家伙对我大嚷大叫的样子,我还以为这儿有一头狮子呢。"

"妈妈说爸爸的头发有时候看起来就像一头公狮。"比尔说道。

"安静点,比尔,"珍妮插嘴道,"警察才懒得管爸爸的头发看起来像什么样子呢。"

这时,警察又搔了搔下巴:"如果只是只鸟,我想你把它养在笼子里应该没什么问题。"

"我们把他养在冰箱里。"比尔又说了。

"你们可以把它放在冰箱里,"警察继续说,"但我想知道的是,你刚说它是哪种鸟?"

"企鹅。"波普先生回答,"顺便请教一下,我是不是可以带他出去散个步?如果用皮带拴着他的话。"

"老实说,我不知道市政府对企鹅有些什么条例规定,诸如用不用皮带拴着、企鹅能不能走在大街上什么的,我得问问我的长官。"警察回答。

"也许我该给他申请一张执照?"波普先生询问道。

"它身体这么大,的确可以弄张执照了。"警察说,"你可以打电话到市政府询问一下他们对于企鹅有些什么相关规定。波普先生,祝您好运。它这模样,还真是个可爱的小家伙,看起来像个小人儿似的。波普先生,希望您有愉快的一天。你也一样,企鹅先生。"

在波普先生打电话向市政府咨询库克上校领取执照的事宜时,库克一直极尽捣蛋之能事,他不停地啄咬

绿色电线致使线路中断,他还以为那些电线是某种新式鳗鱼呢。还好,这时波普太太从市场回来,把新买的虾罐头打开,波普先生这才得以安安静静地打他的电话。

即便如此,他却发现,想要问清楚是否该为这只奇特的宠物领张执照,可不是那么简单的事。每当他想说明自己打电话的意图时,对方就会叫他等一会儿。许久之后,电话那头又出现一个新的声音问他想做什么。就这样折腾了好一阵子,最后总算又有另一个新的声音好像对他的事有那么点兴趣。听到对方如此友善,波普又开始高兴地诉说库克上校的事。

"他是陆军上尉、警察上校,还是海军上校?"

"都不是,"波普回道,"他是只企鹅。"

"能不能麻烦您再说一遍?"电话那端说道。

波普又将话重复了一遍,而那个声音却建议他最好把字拼出来。

"qi—qǐ,é。"波普说道,"企鹅。"

"哦!"那头似乎会意了,"您是说库克上校的名字是奇鹅吗?"

"不是奇鹅,是企鹅。他是一只鸟。"波普解释道。

"您的意思是说,"电话里的声音在他耳中嗡嗡作响,"库克上校想领一张猎鸟执照吧?很抱歉,猎鸟季要到十一月才开始。请您再讲清楚一点,您说您是——脱

普先生吧?"

"我姓波普,不姓脱普!"波普先生吼起来了。

"哦是是,波吐先生。现在听得很清楚了。"

"你给我听着!"波普先生气坏了,他大喊道,"如果你们这些市政府的人连企鹅是什么都不知道的话,我想大概也不会有什么企鹅执照的相关规定。我决定不帮库克上校领取执照了。"

"等一等,帕普先生,我们湖泊河川池塘溪流航行局的崔伯腾先生刚刚进来了,我让他亲自跟您谈谈,或许他知道有关库克奇鹅的事。"

不一会儿,另一个新的声音对波普先生说起话来了。

"早安,这里是汽车执照管理局。请问您去年是否使用同一部车?如果是的话,请问您的执照号码是多少?"

波普先生的电话又被转到郡办公大楼去了。

他终于决定把电话挂断。

第七章

库克筑巢

  珍妮和比尔恋恋不舍地丢下库克上校去上学了,波普太太则还在厨房里忙着煮那早已晚了八百年的早餐。她隐约察觉到企鹅进出冰箱的次数非常频繁,但起先并未在意。

  这时,波普先生挂断了电话,正忙着刮胡子,把自己

整理得光光鲜鲜的。能够拥有像库克上校这样一只帅鸟儿,他深以为荣。

虽然此时大家都无暇搭理这只企鹅,但库克自己可没闲下来。

波普太太的心情异常兴奋,而且又必须比往常更早上市场去,所以到现在还抽不出时间去整理房间。她是个称职的家庭主妇,不过,家里有珍妮和比尔这两个小鬼头,还有波普先生这样的邋遢鬼,她不得不经常整理房间。

库克上校此时也加入了整理的阵容。

他走到每个房间的角落,鬼头鬼脑地这里戳戳、那里啄啄,忙得不可开交;一双白毛环绕的小眼探进每一个橱柜中仔细搜索;他又把自己那圆滚滚的身体硬生生塞进家具底下或后头寻宝,同时柔柔地鸣叫着,声音中溢满好奇、惊喜与快乐。

每当他想到似乎还得找些什么时,就会用红嘴去取,将东西衔在微微泛黑的喙尖里,然后再踏着那双宽平淡红的小脚丫,摇摇摆摆、趾高气扬地带回厨房放进冰箱里。

波普太太终于开始好奇这只鸟儿到底在忙活些什么了。她探头往冰箱里一瞧,吓得尖声呼叫波普先生,波普先生应声赶来查看究竟发生了什么事。

波普夫妇一起瞪大眼睛往冰箱里看。波普太太注意到波普先生今天焕然一新。

库克上校此时也跑过来凑趣。"喔儿，喔儿。"他得意洋洋地叫着。

当波普夫妇欣赏到库克上校的劳动所获时，波普太太不禁哑然失笑，波普先生则惊叹不已。

两个线轴、一个国际象棋的白象、六块拼图……一只汤匙和一个安全火柴盒……一根胡萝卜、两枚一分硬币、一枚五分硬币、一个高尔夫球。两截铅笔头、一张折弯了的纸牌，还有一个小烟灰缸。

五枚发夹、一个橄榄、两个假面具、一只袜子……一把指甲锉刀、四颗不同大小的纽扣、一片电话机上的金属块、七颗弹珠，以及一把洋娃娃的小座椅……

五颗棋子、一小块全麦饼干、一个掷骰杯、一块橡皮……一把门钥匙、一枚铜扣、一张皱巴巴的锡箔纸……半个干瘪的柠檬、瓷娃娃的头、波普先生的烟斗、一个姜汁汽水的杯子……一个墨水瓶塞、两颗螺丝钉，以及一个皮带扣……

小孩项链的六颗珠珠、五

块房屋积木、一个补衣服用的椭圆形衬垫、一根骨头、一只小口琴,还有吃了一半的棒棒糖,外加两个牙膏盖和一本红色小笔记簿。

"我想这就是所谓的鸟巢吧,"波普说,"只不过他找不到石头来筑巢。"

"呃,"波普太太说,"南极那些企鹅可能很野蛮,但我得声明,我们这一只在家里可真帮了我的大忙。"

"喔儿!"库克好像听懂了,大摇大摆地走到客厅去,还把最好的一盏灯给碰翻了。

"孩子他爸,"波普太太说,"你最好带库克上校出去活动活动。天哪!你打扮得这么精神!哇,你自己看起来就像只企鹅!"

波普先生的头发抹得光滑平整,胡子也剃干净了,太太再也用不着责备他看起来像只公狮那般野蛮了。他穿上白衬衫和白法兰绒长裤,系上白领带,脚蹬一双亮晃晃的深棕色皮鞋,还特别从西洋杉木箱中取出自己结婚时所

穿的那套陈旧的黑色燕尾晚礼服,小心翼翼地刷平后再穿上。

他看起来的确有点像企鹅。在波普太太看来,他一转身一投足都与企鹅没什么两样。

然而,波普先生并未忘记自己对库克上校的责任。

"孩子他妈,能不能给我一根晒衣绳?"波普先生向妻子问道。

第八章

企鹅游街

波普先生很快就发现,带只企鹅去逛街可不是那么简单的事。

刚开始时,库克上校并不喜欢拴上绳子,可是波普先生坚持这样做,他将晒衣绳的一端系在企鹅那肥嘟嘟的脖子上,另一端绑在自己手腕上。

"喔儿!"库克生气了。不过他是只非常通人性的鸟儿,察觉反对无益之后,马上又恢复了他惯有的彬彬有礼,还是让波普先生牵着他。

波普先生戴上他最好的一顶窄边礼帽,打开前门,库克在他身边优雅地摇摇摆摆。

"嘎。"企鹅叫着在门廊边停住,俯视着阶梯。

波普先生给他系上了长度足够的晒衣绳。

"咕咕!"库克抬起鳍肢,勇敢地向前一倾身,腹部着地从台阶上滑行而下。

波普先生紧跟在后,当然他没有以相同的方式滑下台阶。库克滑到地面后,很快用双脚站起来,昂首阔步地走到街上,将波普先生远远甩在后头,还不时迅速地转动着他的小脑袋,对于周遭的新鲜景致啧啧称奇。

他们沿着傲足街走着,途中碰上波普先生的一位邻居——凯勒函太太,她怀抱一大堆日用品迎面走来。当她看到波普先生和库克上校时惊得瞠目结舌,尤其是波普本人,穿上那件黑色燕尾服之后,活脱脱就像一只大号企鹅。

"上帝啊!"她惊叫着,"这是猫头鹰或是鹅什么的吧?"此时库克却打量着凯勒函太太家居服底下的条纹袜。

"都不是。"波普先生轻举小帽招呼道,"凯勒函太

太,这是南极来的企鹅。"

"离我远点!"凯勒函太太对库克叫道,"它是食蚁兽吧,对不对?"

"不是食蚁兽,"波普先生解释着,"南极!是别人从南极送来给我的。"

"马上把你那只南极大鹅带走!"凯勒函太太嚷道。

波普先生牵动那根晒衣绳,库克却乘机在凯勒函太太的条纹袜上送上了一记"啄别"。

"上帝啊!"凯勒函太太又惊叫起来,"我得立刻去拜访一下波普太太,这真是令人难以置信,我现在就去!"

"我也要走了。"波普先生回答着,身子已被库克拉出好远,于是他们继续沿着大街走去。

他们下一站来到位于傲足街与主街交会处的一家药房,橱窗里展示着一些敞开的包装盒,里头的硼晶体闪闪发亮,库克显然是把这些晶体当成南极的雪堆了,他执意要观赏一番,并开始起劲地啄咬起橱窗来。

这时,一辆汽车突然驶来,吱的一声停在离波普先生不远的人行道边。接着,从车内跳出两个小伙子,其中一个是摄影师,还扛着一台摄影机呢。

"一定就是这只!"一个年轻人说。

"没错,就是他们!"另一个年轻人随声附和。

那位摄影师立刻在人行道上架起三脚架,此时有一

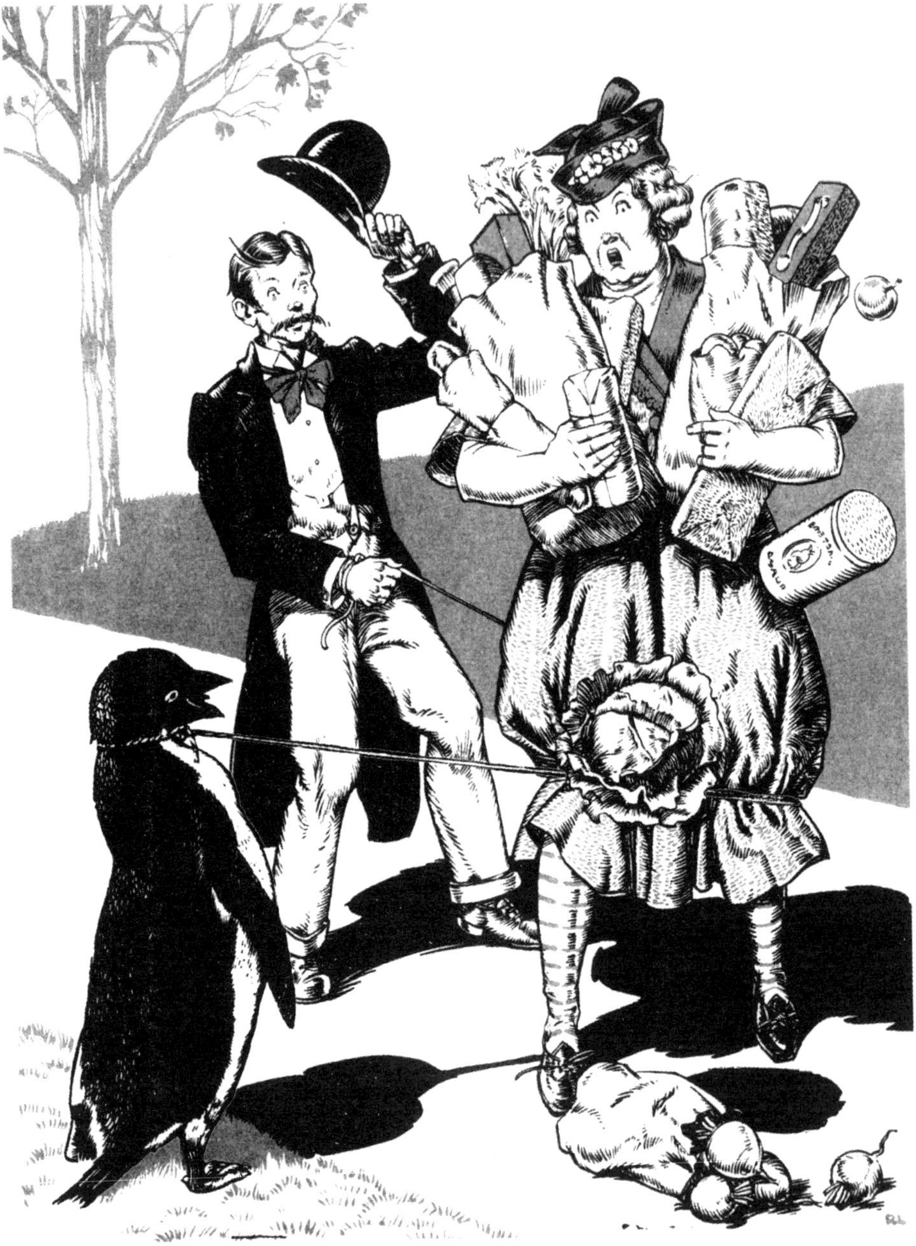

小群人过来围观,甚至药房里也有两个穿白大褂的人跑出来看热闹。此时库克上校正聚精会神地观赏着橱窗里的展示,连头都没回。

"您就是傲足街四百三十二号的波普先生吧?"年轻的记者边问边从口袋里掏出笔记本。

"是啊。"波普答道,他知道自己这下要出名了。原来这两个年轻人是从警察那里听说怪鸟一事的,他们发现库克上校时,其实正在赶往波普家的路上,想对他们做一次采访。

"嘿!鹈鹕!转过来,让我们看看你是怎样一只漂亮的小鸟!"摄影师说道。

"那不是鹈鹕,"记者说,"鹈鹕嘴上有个喉囊。"

"我想那是一种古代的巨鸟吧,只不过巨鸟已经绝迹了。哎,这张照片拍出来一定很棒,只要这位女士肯转过身来让我拍。"

"他是只企鹅!"波普先生骄傲地说,"我们管他叫库克上校。"

"咕咕!"企鹅叫着转过身来,这些人正在对他品头论足呢。他一眼瞥见摄影机的三脚架,就走过去想检视一番。

"他可能以为这个三脚架是只三腿鹳鸟吧?"摄影师猜测说。

"您这只鸟……"记者发问了,"到底是'先生'还是'女士'?大家都很想知道。"

波普先生犹豫着:"嗯,我们都叫他'库克上校'。"

"那就是'先生'吧。"记者说着在笔记簿上奋笔疾书。

此时,库克仍对三脚架好奇不已,开始一圈又一圈地绕着它转,最后弄得晒衣绳、企鹅、波普先生和三脚架全都拧成了一团。其中一位围观者建议波普先生绕着三脚架朝反方向走上三圈,这才解开了一团乱麻。

库克上校总算愿意静静地站在波普先生身边,摆出一个优美的姿势了。波普先生理正了领带,摄影师随即

按下快门,库克上校闭了闭眼睛。他的照片后来就这样上了各大报纸。

"最后再问一个问题,"记者说道,"您是从哪儿获得这只奇特的鸟的?"

"从杜雷克上将那儿,他是个南极探险家。他送给我当礼物的。"

"是,是。"记者响应道,"嗯,这故事真不错。"

采访结束,两个年轻人跳上汽车离去,波普先生和库克也继续散步,但这时他们身后仍跟了密密麻麻一群人,不断地向他们发问。人越聚越多,挤得水泄不通,最后波普先生为了将他们甩开,只好带着库克跑进一家理发厅。

到目前为止,理发厅的老板跟波普先生仍是非常要好的朋友。

第九章

理发厅内

理发厅里静悄悄的,理发师正在替一位年长的男子刮胡子。

库克上校觉得这幅景象有趣极了,为了得到更好的视角,他干脆跳上镜台。

"您好!"理发师问候道。

MR.POPPER'S PENGUINS

坐在理发椅上的男子脸上涂满白色的泡沫,他半抬起头想看看到底发生了什么事。

"咕咕!"企鹅叫着并拍打双鳍,长长的鸟喙朝男子脸上的泡沫伸去。

那位原先斜靠在理发椅上的先生惊叫着跳起来,一个箭步蹿到大街上,连外套和帽子都不要了。

"嘎!"上校叫着。

"喂!"理发师对波普先生叫道,"快把那东西带走,这里又不是动物园,你怎么搞的!"

"我把他从后门带出去您不介意吧?"波普先生问道。

"哪一道门都行,"理发师气急败坏地说,"只要你动

作快点!你看,它现在把我的梳齿都咬断了!"

波普先生把企鹅抱到怀里,一溜烟跑到理发厅后面的巷子里,库克在他的怀中发出一连串"咕儿?""嘎!""喔儿!"的探询声。

在这儿,库克首次发现房屋竟然还有后楼梯。

波普心里很清楚,一旦让企鹅发现了任何可以通往高处的阶梯,就根本不可能制止他往上攀爬。

"好吧,"波普气喘吁吁地跟在库克后头往上爬,"你身为一只不会飞的鸟儿,多多少少都想过一过置身云雾中的干瘾吧,所以你就老想着爬楼梯。幸亏这栋楼只有三层,来吧,我倒要看看你有什么本事!"

库克先抬起一只粉红脚丫,又抬起另一只,一阶一阶往上爬,动作虽然缓慢,但看起来还是蛮带劲的。绳索的另一头,波普先生被牵引着紧随其后。

最后,他们总算来到了顶楼的空地。"现在你打算怎么着?"库克的主人波普先生问道。

库克瞅一瞅已经没有楼梯可爬了,于是转过身来,盯着向下的阶梯,接着便扬起鳍肢,将身子往前一倾。

波普先生大气还没喘上一口,不料这只固执的大鸟竟这么快就想往下冲,他真不该忘记,只要企鹅一逮到能用肚皮滑行的机会是说什么都不会放过的。看来他把绳索的一端系在自己手腕上是很不明智的。

MR. POPPER'S PENGUINS

多想无益。波普先生此时发现身体突然开始下滑，而且着地的部分就是他自己所穿的那件很像企鹅腹部的白衬衫。他腹部朝下滑行了三阶，这可把企鹅乐坏了，他在波普先生前面牵引着，独自享受滑行之乐。

到达底端时，库克又想再来一遍，狼狈不堪的波普先生只好赶紧招呼出租车以转移他的注意力。

"傲足街四百三十二号。"波普先生对司机说。

那位司机人真好，礼貌又周全，一直等车费到手之后才开始嘲笑这古怪一族的乘客。

"上帝啊！"波普太太一边为先生开门一边惊叫道，"你出门散步的时候干净又精神，看看现在，把衣服前面弄得个……"

"好老婆，对不起！"波普先生低声下气地道着歉，"我们永远猜不透企鹅下一步想干什么。"

波普先生说着走到床边躺下。经过一天非凡的运动，他现在着实已经筋疲力尽了。库克上校冲了个澡，回到冰箱里去打盹儿了。

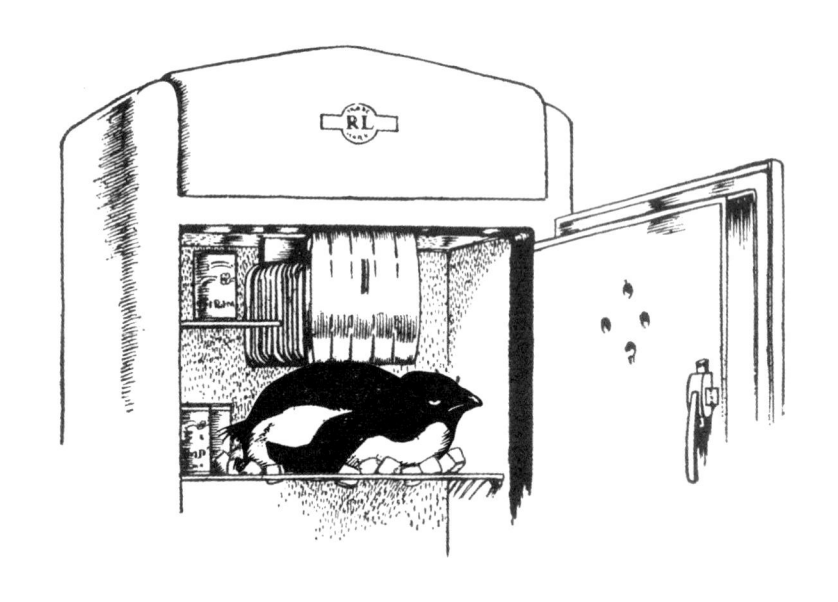

第十章

愁云惨雾

翌日，波普先生和库克上校的照片刊登在静水镇的《晨间纪事报》上，文章详细讲述了房屋油漆匠波普收到一只由杜雷克上将远从南极航空快递寄来的企鹅的故事。紧跟着，美联社也获知这条新闻，一周后，这张照片即以凹版印刷的方式刊载于国内各大城市主要报纸的

周日版上。

波普一家自然为此感到光荣又兴奋。

然而,此时库克上校却显得闷闷不乐。他突然失去了欢笑,在屋内踩着碎步搜寻着什么,还终日闷坐在冰箱里郁郁寡欢。波普太太替他清理干净冰箱中的杂物,只在窝里留下弹珠和棋子,库克现在有了一个干净又整齐的小巢得以栖身。

"他再也不跟我们玩了,"比尔说道,"我想从他窝里拿几颗弹珠,他却想咬我。"

"库克上校真淘气。"珍妮说着。

"孩子们,你们最好别去打扰他,"波普太太说,"我想他是心情不好吧。"

事情很快搞清楚了,困扰库克的问题比心情不好还要严重。他从早到晚呆坐在冰箱里,用那双哀伤的小眼睛盯着外头,小外套已失去了漂亮的光泽,原本圆滚滚的小肚皮也日渐扁平,甚至在波普太太送上虾罐头时,他也将小脑袋撇开。

一天晚上,波普太太为他量体温,一百零四华氏度[①]。

"孩子他爸,"她说道,"你最好请个兽医来,库克恐怕真的病了。"

[①] 相当于40摄氏度。下文一百零五华氏度约为40.5摄氏度。——编者注

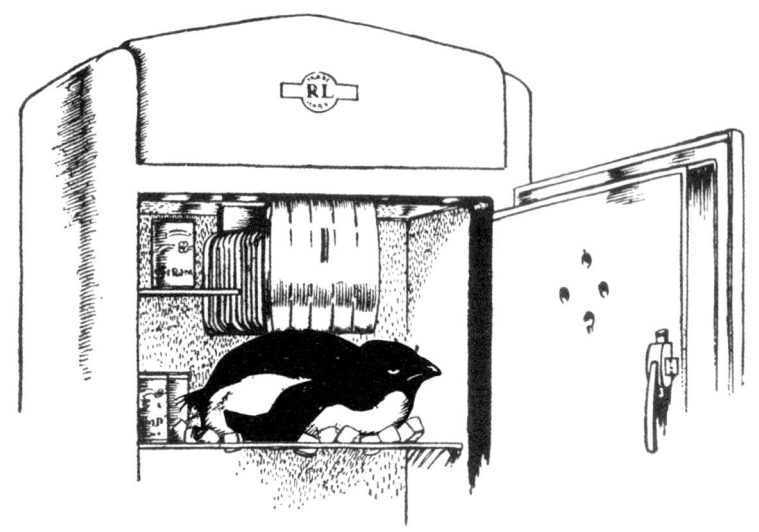

兽医来了，但最终也只能摇摇头。他是个很优秀的兽医，虽然从前并没有为企鹅看过病，但对鸟类却很熟悉，只消看上一眼，便知道库克的病情已经很严重了。

"我留些药给你们，每个钟头给他喂服一次。你们也可以试着给他喂些清凉的果汁饮料，用冰袋裹着他。但你们可要有点心理准备，他怕是没多少希望了。你知道吗，这种鸟没办法在这种气候中生存，我看得出你们已经把他照顾得很好了，但南极企鹅在静水镇是无法生存的。"

那天夜里，波普一家彻夜难眠，轮流替库克更换冰袋。

然而这一切都不奏效。波普太太早晨再帮库克量体温时,已经升高到一百零五华氏度了。

所有人都对库克非常关心。《晨间纪事报》的记者来到波普家慰问库克;邻居也带来各式各样的清汤果冻,想让这小家伙打起精神来;即便是一向对库克评价不怎么高的凯勒函太太,也特地给他做了个冰果冻送来。但这一切都徒劳无功,库克上校似乎已经回天乏力了。他现在终日昏睡,精神极度恍惚。大伙儿都认为他的时间已经不多了。

平时这只小家伙又有趣又可爱,一副大模大样的样子,波普全家对他的喜爱真是没法说。此时,波普先生的心因极度担忧而凝滞了,如果库克就此离他而去,他的生命将会变得毫无意义。

当然,有个人可能知道该如何拯救一只生病的企鹅。波普先生真希望能听听杜雷克上将的意见,可如今他身在遥远的南极,恐怕远水解不了近渴。

突然,波普先生灵机一动,他不是因为一封信而得到这只宠物的吗?于是,他坐下来开始写第二封信。

波普先生的这封信是写给巨象市大水族馆馆长史密斯博士的,这是世界上最大的一家水族馆。如果说这世界上真有谁能挽救一只垂死的企鹅的话,这个人便非史密斯博士莫属。

两天后，史密斯博士回信了。"很不幸，"他信中写道，"治疗生病的企鹅并不简单，或许您还不知道，我们巨象市水族馆这儿也有一只来自南极的病企鹅，尽管我们采取了各种治疗措施，但还是无济于事。敝人后来想到，这只企鹅会不会是因寂寞成疾，说不定这也是你们库克的致病原因。因此，现在随函送去我们这只企鹅，您可以收养她，这是使两只鸟儿一起康复的唯一机会了。"

就这样，葛蕾塔——那只水族馆来的企鹅，便住进了傲足街四百三十二号。

第十一章

葛蕾塔

库克上校终究还是活下来了。

现在冰箱里挤了两只企鹅。一只站着,另一只则塞在冷却盘管下,端坐在鸟巢上。

"他们俩人像极了。"波普太太说道。

"你是说他们两只企鹅像极了吧!"波普先生打趣

道。

"对啊!但哪只是哪只呢?"

这时,站着的那只企鹅从冰箱里跳出来,又把头探进去,从坐着的那只企鹅身下取出一颗棋子摆到波普先生脚边。而冰箱里的那只企鹅,还是闭着双眼养神。

"孩子他妈你看,他在谢谢我呢。"波普先生说着拍拍企鹅的小脑袋,"企鹅在南极就是用这种方式来表示友善的,只不过在那边他们是衔石子,而不是用棋子。这只一定是库克上校了,他在谢谢我们把葛蕾塔带来,挽救了他的生命。"

"是啊!可是我们要怎么区别这两只企鹅呢?这真让我头疼。"

"我到地下室拿点白油漆上来,把名字漆在他们黑色的背脊上。"

波普先生说着便打开地下室门往下走,这时库克出其不意地跟在他身后冲滑而下,害得他差点摔了一大跤。当波普先生再度上楼时,手中已经拿着刷子和小油漆桶了,就这样,"库克上校"四个白色的大字赫然出现在企鹅黑亮亮的后背上。

"咕咕!"库克欢叫着朝冰箱里的同伴展示自己的名字,一副神气活现的样子。

"嘎!"端坐巢里的那位响应了,开始在窝里左右腾

挪着,直到把自己的背也转向波普先生。

波普先生只好坐在冰箱前的地板上给她也写上名字,库克则在一旁先用一只眼睛,再用另一只眼睛仔细观看着。

"你打算叫她什么?"波普太太问道。

"葛蕾塔①。"

"好名字!"波普太太应道,"看来她也是只很不错的鸟。可是两只鸟同时挤在冰箱里,很快就会下蛋的。接下来你想过吗,冰箱根本不够大了。还有,食物要怎么保鲜,你还没帮我想办法哩。"

"好老婆,我会帮你想办法的。"波普先生承诺道,"现在是十月中旬,天气已经挺冷的了,库克和葛蕾塔很快就可以到外头去享受冰天雪地了。"

"对啊,"妻子回道,"可是如果你把企鹅养在房屋外头,他们会跑掉的。"

"孩子他妈,"波普先生计划着,"今天晚上你先把食物放回冰箱里,我们就让库克和葛蕾塔待在屋里。库克

---

①这个名字的读音与英语中great(很棒)的读音相似。——译者注

会帮我把他们的巢挪到其他房间去,我再把所有的窗户都打开,这样企鹅就很舒服了。"

"他们舒服是好啊,"波普太太为难地说,"可我们怎么办?"

"我们就在屋里穿上棉大衣,戴上帽子。"波普先生一边说着一边起身在屋里转了一圈,将所有窗户都打开。

"真的冷多了呢!"波普太太禁不住打起喷嚏来。

此后数日,天气越发寒冷了。波普家很快便习惯了裹着冬衣坐在客厅里大眼瞪小眼,而葛蕾塔和库克上校也每每捷足先登,占据了最靠近窗口的位置。

现在是十一月初,一天夜里暴风雪来临,波普一家早晨起床时,发现屋里堆满了厚实的雪堆。

波普太太想拿起扫帚清除雪堆,同时也叫波普先生帮忙铲雪,但这时两只企鹅却在雪堆上玩得不亦乐乎,搞得波普先生不得不决定屋里就这样保持现状。

当天夜里,波普先生甚至特意从地下室取出那条老旧的橡皮软管往地上浇水,足足有一英寸深。第二天清晨,波普家整个地面结上了光溜溜的一层冰,敞开的窗户边也全是雪堆。

葛蕾塔和库克见到这些冰,可真是乐翻天了。他们争先恐后地爬到客厅一端的雪堆上,一前一后地往下俯

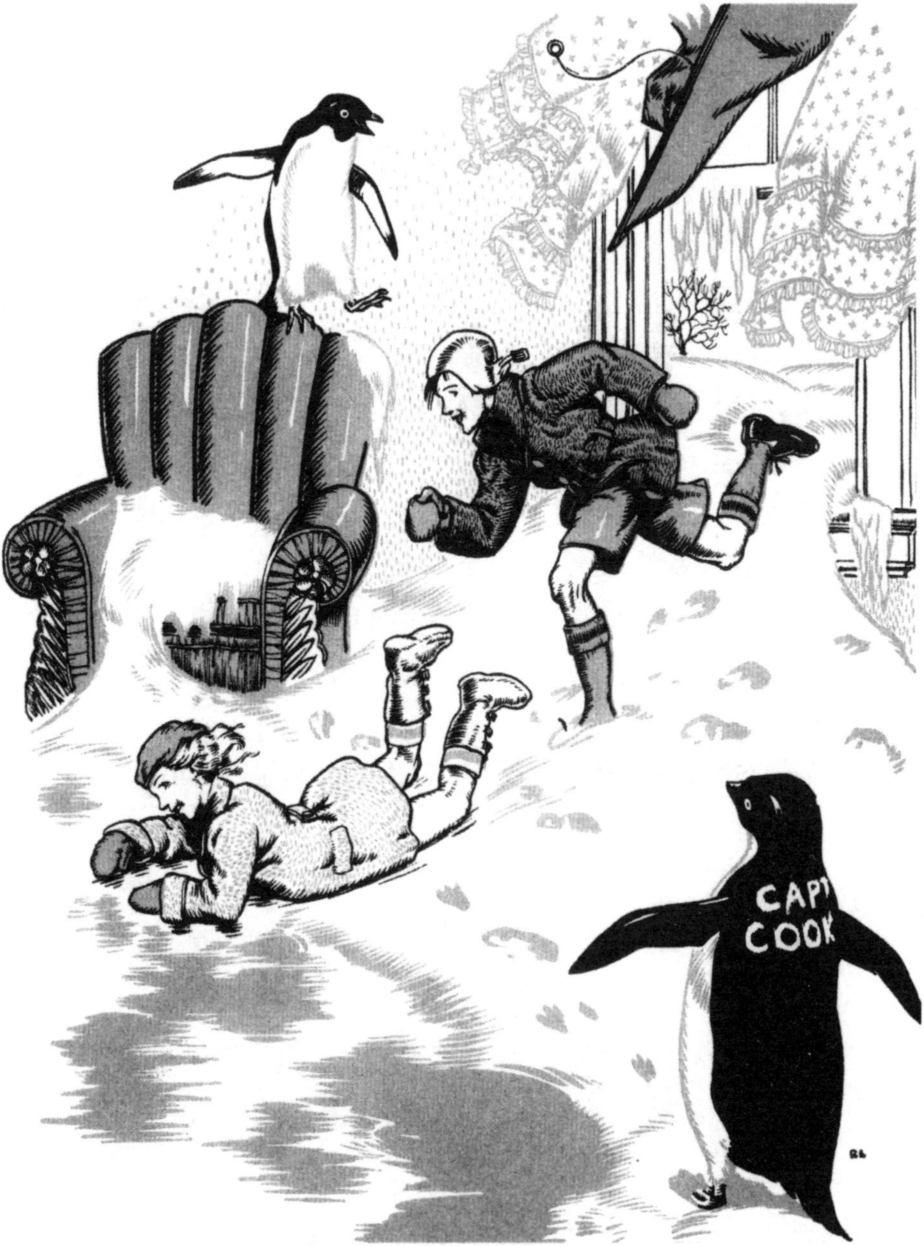
CAPT
COOK

冲到冰面上，由于速度过快，身子失去平衡，圆乎乎的身子噗地趴倒在地上，腹部结结实实地滑在冰块上。

珍妮和比尔在一边看到这情景，高兴得手舞足蹈，也忍不住学着企鹅的样子扑倒在地，把厚重的外套当成企鹅肚子来滑。波普先生把客厅里的家具全都挪到一边，好让企鹅跟孩子们有足够的空间玩耍。刚开始搬动家具时有些困难，因为家具腿早已冻在冰里了。

时近中午，气温回升，冰也开始融化。"孩子他爸，"波普太太开口道，"你得干点正事了，我们不能就这样一直生活下去。"

"可是你看库克上校和葛蕾塔现在都长胖了，毛色光亮了许多。孩子们也从来没这么开心过。"波普先生说。

"这或许对健康有利，"波普太太一边说一边擦拭着不成样子的地板，"可是脏死了。"

"我明天会处理的！"波普先生保证道。

第十二章

嗷嗷待哺

　　翌日，波普先生请来一位工程师在地下室安装一套大型冷冻设备，打算将库克和葛蕾塔迁到那里去住，再取出火炉搬到一楼客厅里。这看起来有点奇怪，但正如波普太太所说，他们再也用不着一天到晚在室内穿着大衣了，多少让他们松了一口气。

当波普先生得知要完成所有的改装又得大花一笔钱，不禁忧心忡忡；而那位负责安装的冷冻工程师发现波普先生实在没啥钱以后，也不禁开始担心了。不过波普先生允诺尽快付钱，这位先生也答应让他以信用卡付账。

波普先生决定把企鹅迁到地下室可真够英明的，因为妻子之前对于企鹅下蛋的顾虑完全正确。鸟窝刚搬到楼下，葛蕾塔就产下了她的第一颗蛋，三天后又产下第二颗。

波普先生知道企鹅一季只会下两颗蛋，但没过多久，在葛蕾塔身下就又发现了第三颗蛋。波普先生不知道这是不是因为气候的改变而使企鹅的孵育习惯产生变化，但此后每隔三天都会再增加一颗新蛋，最后宝贝蛋的总数竟达十颗之多，波普先生真是惊讶极了。

由于企鹅蛋数量过多，而企鹅妈妈一次只能同时坐在两颗蛋上孵育，小宝宝们如何孵出来可成了个大问题。波普先生将其余的蛋分置于热水瓶里和电热毯下，好让它们保持一定的温度，问题就这样解决了。

雏鸟刚孵化出来时，可不像父母亲那般漂亮。这群毛茸茸的小家伙十分有趣，而且还以惊人的速度长大。库克上校和葛蕾塔忙于喂食，波普一家当然也全力支持。

MR. POPPER'S PENGUINS

　　波普先生向来善于阅读，替这些小家伙想个名字当然不成问题。最后这些小家伙被分别命名为尼尔森、哥伦比亚、露易莎、简妮、斯高特、麦格伦、艾德琳娜、依莎贝拉、费德南，以及维多利亚。幸亏只有十只，波普先生总算松了一口气。

　　虽然波普太太的家务活并没有增加多少，但她觉得这样的企鹅数量也差不多够了，重要的是波普先生跟孩子们得记得关上厨房通往地下室的门。

　　企鹅一家大小都喜欢攀爬由地下室通往厨房的阶梯，除非他们发现门已经关上了，否则还会继续往屋里进军。每当吃了闭门羹以后，他们照例就会转身以腹部

着地滑下阶梯。波普太太在厨房里干活儿时,经常可以听到一些奇怪的声响,但她早就习以为常了,就如同她对于这个冬季里一些其他古怪的事情也已司空见惯一样。

波普先生在地下室给企鹅配置的冷冻设备又大又好,可以制造出大型冰块,而不单单是小小的冰球,这使波普先生可以很快在地下室搭建起一座冰堡,十二只企鹅也就此得以入住并在里边玩耍。

此外,波普先生又在地下室里掘了个大洞当作水塘,好让企鹅在其中游泳或潜水,他还不时将一些活鱼丢进塘里让企鹅潜水捕鱼。这倒新鲜极了,老实说,这些小家伙对于虾罐头早已厌烦了。这些活蹦乱跳的鱼儿,是波普先生特别订购的,厂商将鱼放养在玻璃箱内,再大老远从海边装车运到傲足街四百三十二号。美中不足的是,这些鱼都非常昂贵。

家中饲养这么多企鹅真是热闹极了,每当其中两只(通常是尼尔森和哥伦比亚)打架,开始各自用鳍肢攻击对方时,其他十只企鹅就会群集围观、鼓噪助阵,形成一小幕颇有趣味的景象。

波普先生还往部分地面注水,营造出了一座溜冰场。企鹅隔三差五就会像一小团士兵一般在这儿操练,他们迈着怪异的行军步伐在冰面上绕行,而露易莎在这

其中又似乎特别喜欢当领队。波普先生突发奇想,他可以训练露易莎将一小面国旗衔在喙中,神气十足地引导这支庄严的游行队伍。有了这主意,此后每每观赏企鹅游行之时,波普先生都觉得这场景实在令人叹为观止。

珍妮和比尔放学也常带小朋友回家,孩子们一同跑到地下室去看企鹅,一待就是好几个小时。

到了夜晚,波普先生也不再像以往那样坐在客厅里抽着烟斗看书了,而是穿上大衣,把行头打点好,戴上手套坐到地下室去阅读。他不时抬眼看一看他的宠物在忙些什么,心中不断想着那寒冷又遥远的地方,那里才是这些小家伙真正该去的地方。

他也常思索着,在这些企鹅进入他的生活以前,自己的人生是何其不同。而今一个月过去了,春天即将来临,自己也将重新开始油漆匠的工作,那时,他不得不一整天丢下企鹅不管。

第十三章

经济困扰

夜幕降临,波普太太打发孩子上床以后,波普先生正往地下室走去,妻子将他拦住了。

"孩子他爸,"波普太太说,"我得跟你谈谈,过来这边坐。"

"好啊,孩子他妈,"波普先生答应着,"有什么事吗?"

"孩子他爸,"波普太太继续说道,"看到你假期过得这么愉快我真高兴,你一天到晚待在地下室里,既保持了屋子整洁,也比以往来得轻松。可是孩子他爸,钱怎么办哪?"

"出了什么问题?"波普问道。

"唉,当然有问题啦。我们要喂这些企鹅,可是你想过订购那些活鱼所必须支付的账单吗?我实在不知道该如何付这笔钱。还有那位替我们在地下室安装冷冻设备的工程师,也老上门来向我们催债。"

"我们的钱都用光了吗?"波普先生静静地问道。

"一文不剩了!当然,山穷水尽时,我们可以把这十二只企鹅给吃掉,这样或许还能支撑一阵子。"

"哦不!孩子他妈,"波普先生吃了一惊,"你不会真的这么想吧?"

"这个嘛,我想我们也舍不得吃他们,尤其是葛蕾塔和依莎贝拉。"波普太太回答。

"你这样也会伤了孩子们的心。"波普先生说着坐在那里好一会儿,心中若有所思。

"孩子他妈,我有主意了。"他终于开口了。

"或许我们可以把企鹅卖给别人,这样就可以得到一些钱过日子了。"波普太太抢先提议道。

"不，"波普先生不以为然，"我有更好的主意，我们仍然要留下这些企鹅。你听说过受训的海豹在剧场里表演的事吧？"

"我当然听说过，"波普太太说，"我甚至还看过这种表演呢，它们在鼻尖上平衡大球。"

"那好极了，"波普说，"既然狗和海豹可以受训，为什么企鹅不能受训？"

"孩子他爸，也许你说得对。"

"我当然对喽，你可以帮我一起训练他们。"

转天，波普夫妇将钢琴抬到地下室，安置在溜冰场一端。波普太太自从与波普先生结婚以来，就再也没有碰过钢琴了，但是经过稍许练习后，她很快便忆起了几首早已遗忘的曲子。

"看一看尼尔森和哥伦比亚老是喜欢打斗，还有他们老爱爬上阶梯，再从上头冲滑下来，可见这些企鹅最喜欢做的就是像军队一般操练。"波普先生说，"所以我们可以绕着这些把戏来设定节目内容。"

"他们也不需要服装了嘛，"波普太太瞅着这群有趣的小家伙说道，"他们已经有现成的服装了。"

波普太太选了三首曲子在地下室弹奏起来，每一首曲子都有不同的表演，企鹅一听到不同的旋律，就知道自己该表演什么节目了。比如说，当波普太太希望他们

像一队士兵行进时，就会弹奏舒伯特的《军队进行曲》；而安排尼尔森和哥伦比亚以鳍肢互斗时，波普太太则演奏《风流寡妇华尔兹》；当企鹅表演攀爬与滑行时，珍妮和比尔就会将两架四脚梯和波普先生装修房屋时专用的那块木板拖到溜冰场中央，接着波普太太就会弹出《小溪边》这首既优美又饶富意境的乐曲。

地下室的温度的确很低，波普太太不得不戴着手套弹琴。

就在一月底即将结束时，波普先生已经成竹在胸，这些企鹅已够资格在国内任何一家剧场演出了。

第十四章

葛林邦先生

"你们看哪!"一天早晨波普先生吃早餐时忽然喊了起来,"《晨间纪事报》上说,豪华剧院的老板葛林邦先生到城里来了,他在全国各地拥有一系列的剧院,我们最好去跟他见个面。"

那天晚上,也就是一月二十九号星期六,波普全家

MR.POPPER'S PENGUINS

就领着那十二只受过训练的企鹅,出发去豪华剧院,他们还特意安排其中两只企鹅的鸟喙里衔上国旗。

如今企鹅只只训练有素,波普先生觉得已经没有必要再用皮带束缚他们了。企鹅们果真井然有序地列队向公共汽车站走去。公共汽车在街角停下,司机看到这一幕惊得张大了嘴巴,还没等他阻止,企鹅大队已全部上了车,公车就这样上路了。

"这些鸟儿是半票还是全免?"波普先生问司机。

"珍妮半票,但我已经十岁了。"比尔插嘴道。

"嘘!安静点!"波普太太边说边和孩子们一同寻找座位,企鹅也不紧不慢地跟在后头。

"嘿,这位先生,"司机发问了,"你们这么浩浩荡荡的,准备到哪儿去?"

"我们要到市中心去。"波普先生回答,"我看,就五毛钱好了,这样可以了吧?"

"老实跟你说,他们刚刚从我身边经过的时候,把我都搞糊涂了。"司机回答说。

"这些企鹅都是受过训的。"波普先生解释道。

"他们真的是鸟儿吗?"司机又发问。

"是啊,"波普先生回答,"我正要带他们到豪华剧院去见葛林邦先生,他可是这家大剧院的老板呢。"

"呃,如果我听到任何人抱怨,你们就得在下一个街

角下车。"司机警告着。

"好吧。"波普先生应道。他心里想:万一真的发生这种情况,他就跟司机要一张转乘票,但就目前情况来看,还是先按兵不动吧。

然而这些企鹅却表现得非常出色,在其他乘客的侧目旁观下,他们只是两只成一组地静静坐着。

"抱歉了,各位,"波普先生对车上的乘客说道,"我得将车上所有窗户都打开,这些南极企鹅习惯比较寒冷的空气。"

波普先生的提议很快就受到阻挠,他不得不费了一番周折,就在他好不容易将窗户全部打开的时候,其他乘客却七嘴八舌地指责开了,甚至还有许多人对司机大

波普先生　　葛蕾塔　　哥伦比亚　　波普太太
　　　　　库克上校　　维多利亚

加抱怨。司机没办法,只好一次又一次地要求波普先生带着鸟儿们下车去,最后他甚至威胁说如果波普先生不愿下车,他便罢驶。争执之中,车子早已驶入市中心,此时已经没有人介意他们是否下车了。

豪华剧院闪闪发亮的灯牌离他们仅有一条街之远了。"嗨,"剧院经理上前和他们打招呼,此时波普一家和企鹅们正列队行进经过他的身旁,"葛林邦先生现在就在我办公室里,我已经听说你这些鸟儿了,但还是不敢相信。葛林邦先生,这就是波普企鹅,您自己和他谈谈吧,我先到后台去了。"

企鹅们六只成一组很有礼貌地分站两排,同时以好奇的目光打量着葛林邦先生,二十四只环绕在白毛下的

尼尔森	麦格伦	比尔·波普	斯高特	费德南
简妮	艾德琳娜	珍妮·波普	依莎贝拉	露易莎

小眼睛显得庄严肃穆。

"你们那些挤在门口的人,全部给我回去做自己的事!"葛林邦先生向门外喝道,"这是秘密会议。"说着便起身去关门。波普一家坐在一边,葛林邦先生则在两排企鹅中间来回溜达,想把他们看个仔细。

"看起来还真像个节目。"他说话了。

"没错,"波普先生说道,"节目的名字就叫'波普演艺企鹅',或者什么什么'舞台处女秀'、'正宗南极企鹅表演'之类的。"他和妻子早已为节目名称大伤过脑筋。

"叫'波普粉趾企鹅'怎么样?"葛林邦先生问道。

波普先生沉吟片刻。"不成,"他说,"这恐怕不成。那听起来太像歌舞团女郎或芭蕾舞团,我这些鸟可是很正经的,我想他们不会喜欢这个名字。"

"好吧,"葛林邦先生回道,"那给我表演节目看看。"

"还有配乐呢,"珍妮说道,"妈妈要弹钢琴。"

"太太,是真的吗?"葛林邦先生问。

"先生,是真的。"波普太太回答。

"好啊,你身后有一架钢琴,"葛林邦先生说着,"太太您可以开始了,要是这个节目不错的话,你们这些人可就找对地方了,我在各地都有剧院呢。但现在先让我瞧瞧你们的企鹅表演。太太,准备好了吗?"

"我们最好先把道具搬过来。"比尔说道。

第十五章

波普演艺企鹅

这时候,剧院经理叹着气走进来,打断了波普一家的表演。

"怎么啦?"葛林邦先生问道。

"上演压轴戏的玛佛勒斯·玛可剧团到现在还没出现,观众都在要求退票呢。"

"那你打算怎么办?"葛林邦先生有点着急。

"我想也只有把钱退给他们啰。现在是星期六晚上,一个礼拜中最热闹的一个晚上,可恨我不得不损失一大笔钱。"

"我有个主意,"波普太太开口了,"或许你用不着损失那些钱。如果真是压轴戏,何不让这些企鹅就在这儿登台试演呢?我们更有看头,相信观众一定会喜欢的。"

"好吧,"经理应道,"就试试看吧。"

波普家的企鹅就这样粉墨登场参加了首场试演。

经理走上舞台,"各位女士、各位先生,"他说着举起手来,"感谢你们大驾光临,今夜我们就来点新鲜的节目。不知道是什么原因,玛佛勒斯·玛可剧团没办法到场演出,我们暂且让各位观赏波普演艺企鹅的预演。谢谢各位。"

波普一家领着企鹅煞有介事地走上舞台,波普太太在钢琴前面端坐下来。

"你不用摘下手套吗?"经理在一边问道。

"不用了,"波普太太回道,"我习惯戴着手套弹琴,如果您不介意的话,我就不摘下来了。"

接着波普太太开始弹奏舒伯特的《军队进行曲》,企鹅们一只只像模像样地表演起来,他们合着精确的节拍转变方向,变换队形,直到波普太太终止演奏才停下来。

观众中爆发出热烈的掌声。

"好戏不只这些呢,"波普太太半对经理半对观众解说着,"他们还会排成一个中空的正方形行进,可是今天时间已经晚了,我们暂且略过,直接跳到第二部分表演。"

"太太,你真的不用把手套摘下来吗?"经理又追问了一遍。

波普太太微笑着摇摇头,又开始弹奏起《风流寡妇华尔兹》。

现在十只企鹅围成一个半圆,尼尔森与哥伦比亚在正中央表演激烈的拳击赛。两只企鹅各自把自己又黑又圆的脑袋使劲儿向后倾去,以便看清楚对方。

"咕儿。"尼尔森叫了一声,右鳍击向哥伦比亚的腹部,然后又想用左鳍将他推倒。

"嘎。"哥伦比亚也吼了一声,纵身向前缠住尼尔森,还把头搁在对手肩上,设法攻击对方的背部。

"喂!不公平啊!"经理叫道,站在一旁的其他十只企鹅也纷纷拍打鳍肢表示不满,哥伦比亚和尼尔森这才松开身子。

起先哥伦比亚还斯文地与对手搏击,但尼尔森冷不防往他眼睛上揍了一拳,他"喔"地大叫一声往后退了一步。其他企鹅又开始拍打鳍肢,观众也随声附和。波普太太将曲子弹奏完,尼尔森和哥伦比亚也停止了搏斗,垂下鳍肢,面对面静静地站着。

"哪只鸟获胜啊?是谁占优势?"观众叫喊着。

"咕咕!"围成半圆的十只企鹅一齐发出声响,好像在说"看哪"。就在尼尔森转头望着同伴时,哥伦比亚冷不防用鳍肢攻击他的腹部,又用另一鳍肢将他击倒。尼尔森躺在地上闭起双眼,哥伦比亚就在仰躺着的对手身旁从一数到十,此时其他十只企鹅又拍打起鳍肢来。

"这是我们特别设计的,"珍妮解说道,"其他企鹅都希望哥伦比亚获胜,所以在结尾的时候都高喊'咕咕',这常使得尼尔森分神,所以哥伦比亚才能趁机将他击倒。"

尼尔森站起身来,所有企鹅排成一列向经理鞠躬致

意。

"谢谢你们。"经理高兴地道谢并回礼。

"现在是第三部分。"波普先生宣布。

"哦,孩子他爸,"波普太太说,"你忘了把梯子和木板带来。"

"没关系,"经理说道,"我请布景师把道具带过来。"

不一会儿,两架四脚梯和一块木板送到了台前,波普先生和孩子们指挥他们将木板搭设在两架梯子中间。接着,波普太太便开始弹奏那首优美的乐曲《小溪边》。

每次节目到了这个部分,企鹅总会把纪律抛在脑后,变得异常兴奋。他们立刻开始你推我挤,看看谁能抢先登上爬梯。孩子们总是告诉父亲,正是因为这样你争我夺,节目才更加有趣,波普先生也只得这样认为了。

企鹅一阵咯咯乱叫,争先恐后地登上爬梯,在一片混乱中争着越过木板到达另一边,还将同伴从梯子上撂倒推到地上,又急匆匆地从另一头爬梯俯冲而下,把试图由这端攀爬的企鹅撞下去。

尽管波普太太的音乐细腻动人,可是这部分节目却显得杂乱无章,好在经理和观众们都忘情于企鹅的表演中,满场欢声笑语。

波普太太演奏完毕,摘下手套。

"您得把梯子从舞台上弄走,否则我说什么都没法

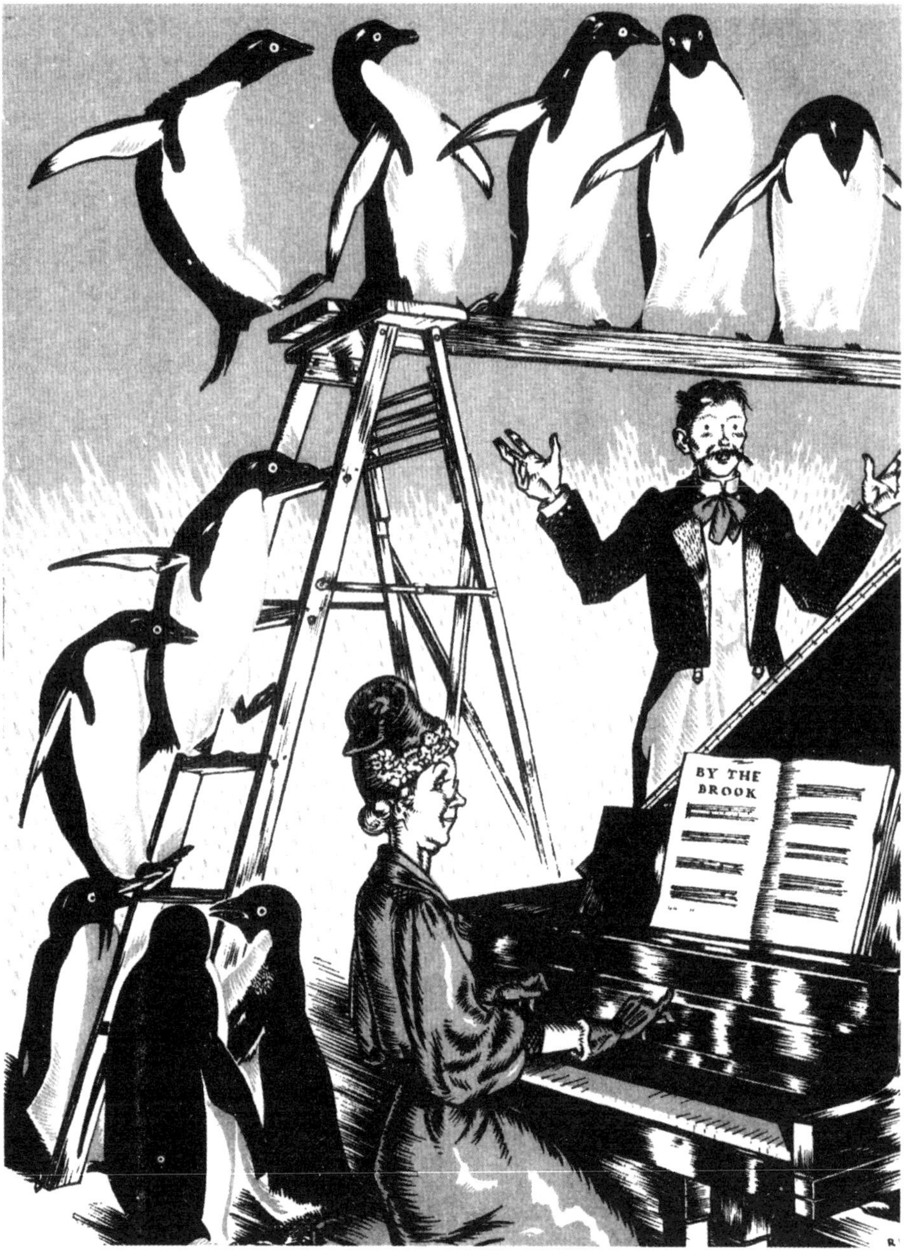
BY THE
BROOK

管束这些企鹅了。"波普先生连忙对经理吩咐道，"节目进行到此，帷幕也该落下了。"

经理这才示意将幕布放下，观众纷纷起立喝彩。

四脚梯抬走后，经理送上十二个甜筒冰淇淋犒赏企鹅，却惹来珍妮和比尔的不平，于是经理只好又订购了一些，最后人手一支了事。

葛林邦先生首先过来恭喜波普一家。

"波普先生，我不妨告诉您，您那些鸟真是训练到家了，节目很动人啊，而且您还出手帮了我们的忙，从这点看来，您完全可以当我们的团员——那种我们在演艺事业中所需要的工作伙伴。我敢预言，您的企鹅很快便能红透从俄勒冈州到缅因州的各大剧院。"他继续说，"波普先生，现在让我们签个约好吗？我们先签十个星期的，一星期五千美元如何？"

"孩子他妈，这样可以吗？"波普先生问道。

"可以，条件很好了。"波普太太回答。

"好的，那就把这份文件签一下吧，"葛林邦先生说，"下星期四在西雅图准备开演。"

"再次感谢你们，"经理说道，"波普太太，你介不介意再把手套戴上一会儿？我想请你再弹一次那首《军队进行曲》，让企鹅再表演一次，我打算让那些招待员进来瞧瞧那些鸟儿，让他们从中学着点。"

第十六章

演艺途上

第二天,傲足街四百三十二号忙成了一团。新装有待采办、旧衣又得打包收藏;波普太太到处擦擦洗洗,把屋子里里外外全部整理干净,作为一名出色的家庭主妇,她可不想在全家外出期间,还有一些乱七八糟的东西留在家中。

MR. POPPER'S PENGUINS

葛林邦先生预付了他们第一个星期的薪水，而波普家首先做的，就是还债给为他们在地下室安装冷冻设备的工程师。长久以来，这位先生一直在为了这笔钱而烦躁不安，但话又说回来，如果没有他，波普家也根本无法训练这些企鹅。转天，他们又寄了张支票给大老远从海岸为他们运送新鲜活鱼的那家公司。

最后，一切准备就绪，波普先生给屋子上了门锁。

他们到达火车站时稍晚了些，原因是途中和交通警察起了点争执，而这争执又起因于两辆肇事的出租车。波普家一行四人外加十二只企鹅，还有八个提箱和装在水桶里给企鹅当餐点用的活鱼，这么一支庞大的队伍，波普先生知道一辆出租车是塞不下去的，所以又去招第二辆。

两名出租车司机都渴望抢先到达车站，想看看自己把车门打开放出六只企鹅时，那儿的人潮会惊讶到何种程度。因此，他们一路飙车，都想在最后一条街处奋力超过对方，结果其中一辆车的挡泥板脱落了下来。这令交通警察伤透了脑筋。

一群人到达车站时火车要开了。靠着两名出租车司机一起帮着波普一家通过入口、穿越铜栏到达后头的站台，他们总算在最后一刻赶上了火车。企鹅们全都气喘如牛。

波普先生打定主意让妻儿乘坐卧铺,而他自己则带着企鹅搭乘行李车,以免这群小家伙紧张。麻烦的是,若想登上火车尾端的行李车,波普先生还得领着企鹅走过一长列车厢。拎着几桶鱼,带领企鹅穿越休闲小车厢,也还算简单。然而就在他们到达卧铺车厢时,恰逢乘务员正在整理部分铺位,顿时麻烦来了——乘务员在梯子上爬上爬下给企鹅带来了极度的诱惑。

十二只企鹅同时发出了十二声快乐的"喔"声,波普演艺企鹅全然忘却了应有的纪律,开始争先恐后地登梯爬到上层的卧铺。

可怜的波普先生啊!一位老妇人不顾火车正以时速九十英里的速度飞驰,一个劲儿地尖叫着要下车;另一位身着牧师装的绅士则建议打开一扇窗,好让企鹅跳出去;两名乘务员也试图将企鹅赶出卧铺,最后还引得火车管理员提着灯赶来救援。

耗了好一阵子,波普先生总算把他的宠物安全地带进了行李车厢。

波普太太开始有些担心,因为为了这次行程,珍妮和比尔必须停课十星期,但孩子们似乎并不以为意。

"好老婆,你必须切记一点,"尽管波普先生对遥远的国度早已满怀憧憬,但在此之前却从未踏出过静水镇一步,"旅行可以使我们拓宽视野。"他说道。

MR. POPPER'S PENGUINS

  企鹅的演出一开始便大获成功,即便在西雅图的首演也进行得异常顺利,这或许是因为他们早已登台预演过的关系吧。

  此次首演中,企鹅以其独特的风格为剧院节目增添了几个新鲜噱头,他们是节目表上的开演戏,而完成例行表演时,观众们都为之疯狂,一齐鼓掌、顿足,高喊着再来一个。

珍妮和比尔帮着父亲将企鹅集合到台下，以便让下一个节目演出。

接下来轮到杜佛先生表演走绳索。但此时问题又来了，企鹅对这个节目很有兴趣，他们没有按照规定待在舞台两侧，而是纷纷再度走上台前，以求近距离观赏。

不幸的是，就在此刻，杜佛先生正在他们头顶的绳索上表演一个高难度跳跃动作。而观众这头，原先当然认为企鹅已经表演完毕，但此时又意外地发现他们重返舞台，而且还一字排开，以黑背朝向观众，抬头望着杜佛先生在他们头顶的绳索上小心翼翼地跳跃。

这一情景惹得观众哄堂大笑，而杜佛先生也因此失去了平衡。

"喔！"企鹅叫着，摇摇摆摆地赶紧闪开，生怕杜佛先生摔下来时把他们压扁。

幸好此时杜佛先生又巧妙地恢复了平衡，他用臂弯钩住缆绳救了自己一命。企鹅们见状一个个把红喙咧得老大，好像在嘲笑他似的，这下可把杜佛先生气坏了。

"滚开，你们这些蠢货！"他用法语骂道。

"喔？"企鹅发着声，佯装听不懂他的意思，不时还用他们的企鹅语交头接耳地谈论着杜佛先生。

不论企鹅在哪里出现，他们越是给其他节目搅局，观众们越是喜欢他们。

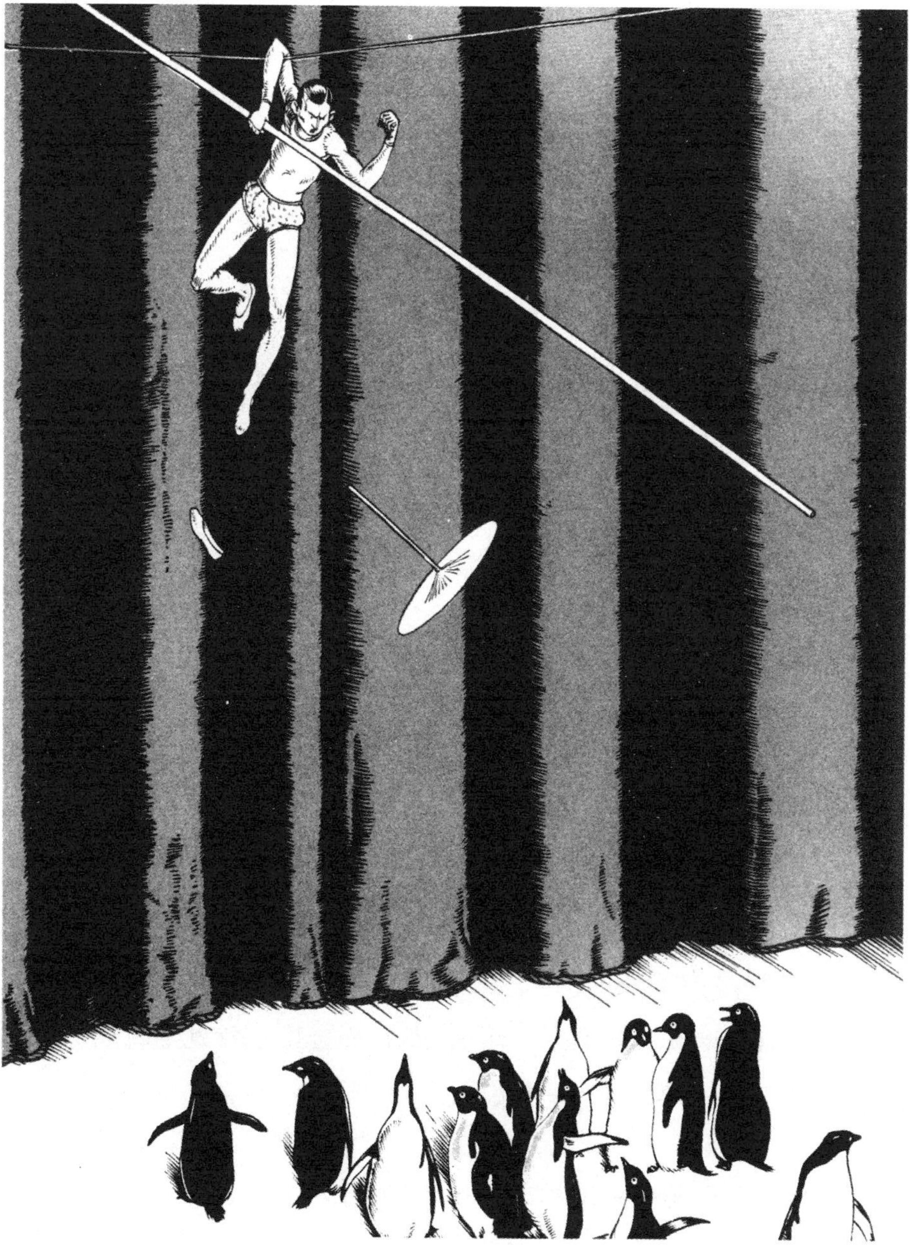

第十七章

远近驰名

企鹅们很快便声名远播。不论何时,只要波普演艺企鹅即将登台的消息一传出,人们便会排起长龙等着购票,队伍在街上可达半英里长。

然而,节目表上其他的演员可就不那么高兴了。曾有一次在明尼阿波利斯市,一位很有名的歌剧女演员在

听到波普演艺企鹅将与她同台演出时,感觉相当苦恼。她甚至表示除非将这些企鹅全部管制起来,否则便拒绝登台。因此舞台助理只好协助波普一家将企鹅们赶到舞台底下的地下室里,经理还特地把守在舞台入口处,确保企鹅无法通过。

但企鹅们在地下室里很快又发现了另一段小楼梯可通往楼上。接下来,观众又是一阵哄笑,因为这些企鹅的小脑袋一个一个突然从乐师演奏区里冒了出来。

乐师继续伴奏,但那位在台上演唱的女演员很生气,她故意提高了嗓门以示愤怒,但观众笑得人仰马翻,根本没有人听到她到底在唱些什么。

波普先生跟着企鹅爬上楼梯,当他发现楼梯是通往乐队演奏区时,便停下了脚步。

"我想我不应该去乐队那儿吧。"他对波普太太说道。

"可是你的企鹅却上去啦。"波普太太说。

"爸爸,你最好在企鹅把小提琴的弦和弦柱咬断之前把他们弄走。"比尔也说着。

"老婆,我实在不知道该怎么办了。"波普先生说着,一屁股坐在台阶上。

"干脆我亲自去抓吧!"波普太太从波普先生身旁绕过爬上楼梯,珍妮和比尔紧随在后。

企鹅一看见波普太太从后头跟上来，感到有点心虚，因为他们知道自己根本不应该出现在那块区域。于是他们索性跳上舞台、越过脚灯，又一股脑儿地全钻进演唱小姐的蓝裙子底下躲了起来。

演唱中断了，台上发出一声尖厉的嘶喊，而这音调根本不在五线谱之中。

企鹅们喜爱舞台上灿烂的灯光，喜爱洋溢着笑声的观众，也喜爱全程的旅行，到处都有他们看不完的新鲜事儿。

他们从静水小镇出发，沿着美国西海岸旅行，而今傲足街四百三十二号那幢小屋已然遥远，波普一家曾在那里为了金钱问题而伤神，总要担心家中所剩是否还能支撑到转年春天。如今，他们每星期都可以收到一张五千元的支票。

现在如果他们没有正式登台演出，或在各大城市间搭乘火车旅游，他们大都待在较大的旅馆中消磨时光。但偶尔也会有那么几个大惊小怪的旅馆老板不愿意让企鹅登记住宿。

"这个嘛，我们这儿连抱在膝上的宠物小狗都不能进来的。"老板会这么说。

"没错。但你有没有任何规定说不准企鹅进来呀？"波普先生回敬他一句。

旅馆老板也只得承认,店里的确没有任何规则是用来规范企鹅的。当然了,后来当他自己发现这些企鹅非常爱整洁,且其他顾客也往往因为想一睹企鹅的风采而频频上门投宿时,他反倒非常喜欢接纳这些小家伙了。你或许会想,一间偌大的旅馆肯定会给这群企鹅制造很多恶作剧的机会,但大体说来,他们都表现得非常好,充其量不过是一天到晚待在电梯里上上下下,再不然就是偶尔把侍者制服上的铜扣给咬下来。

一星期五千美元的酬劳听起来的确是笔大数目,然而波普家却一点也不富裕,光是投宿高级旅馆和搭乘出租车在各地旅游,就耗费巨大。波普先生常思忖着,企鹅最好能徒步往返于各旅馆与剧院之间,但他们每次出游都像游行队伍一样妨碍交通。波普先生向来不喜欢做惹人厌的事情,因此总以出租车代步。

此外,他们还得运送巨大的冰块到旅馆里供企鹅纳凉,这也是大手笔的花费;而波普家经常在豪华餐厅用餐的账单,数目也是高得惊人。所幸他们最终还是得以免除企鹅饲料这笔开销。由于演出途中居无定所,装车载运的活鱼实在很难准时送达目的地,所以他们必须放弃这种方式,回过头来重新用虾罐头喂食企鹅。

这项计划可没花上他们半分钱,因为波普先生写了如下的一段话:"食用欧文斯海虾,波普演艺企鹅身体棒。"

国际大奖小说

这句广告词连同十二只企鹅的照片一同刊登在各大杂志上,作为回报,欧文斯海虾公司给予波普先生一项特惠——可免费在全国各地杂货店购买该公司的虾罐头。

其他诸如大西洋菠菜种植协会与活力早餐燕麦公司,也都力邀波普先生为它们推销产品,并允诺大笔酬劳,但企鹅无论如何都不吃菠菜和燕麦,尽管波普先生知道这笔钱迟早会派上用场,但最终还是没有睁眼说瞎话。

一行人从美国西海岸又转向东海岸,横越美洲大陆。这次行程很仓促,他们的时间仅够蜻蜓点水似的拜访几个较大的城市。到明尼阿波利斯市之后,他们紧接着去了密尔沃基、芝加哥、底特律、克里夫兰,以及费城。

不论去哪里,他们总是还未到达便先引起轰动。在四月初抵达波士顿时,火车站上早已挤满了等候迎接他们的人。

到目前为止,让企鹅保持舒适还不算太困难。但温暖的春风已经吹进了波士顿公园,而波普先生必须将数千磅重的大冰块运达旅馆房内。十星期的合约马上就要到期了,下星期这些企鹅在纽约登台就是最后一场表演了。

此时葛林邦先生正在拟订新的合约,然而波普先生却开始考虑他们是不是最好返回静水镇了,因为企鹅已日趋暴躁不安。

第十八章

四月微风

若说波士顿仅是暖风来得不合时宜,那么纽约真可谓闷热难当了。企鹅们在巨塔旅馆房内俯瞰底下的中央公园,感觉酷热难耐。

波普先生将企鹅们带到楼顶的空中花园上,好让他们尽情享受习习凉风。此时纽约市灯光灿烂,一片车水

马龙，他们深深陶醉在这景象当中。这里，年轻的企鹅又开始聚集到楼顶边俯瞰脚下那片宏伟的"峡谷"，波普先生紧张极了，他看到企鹅又开始相互推挤，好像随时都有可能将其中一只推到楼下，他记得南极企鹅总会用这一招来判断底下是否暗藏危险。

屋顶对他们来说实在不是安全之所。波普先生未曾忘记，在葛蕾塔来到他家之前，库克上校曾经奄奄一息时所引发的恐慌，他实在无法再冒险失去任何一只企鹅了。

只要是照料企鹅的事，波普先生从来不觉得麻烦。他重新把企鹅带到楼下，在浴室里为他们用冷水淋浴，这就足以让他忙上大半夜了。

第二天早晨，波普先生又得租车前往剧院演出，因为缺乏睡眠，头脑昏昏沉沉，再加上他向来就有点心不在焉，因此，就在波普先生对司机说出如下话语时，大错也就铸成了。

"去帝王剧院。"

"好的，先生。"司机应道，驱车穿越百老汇的车阵，孩子们和企鹅都感到有趣极了。

眼见车子就要驶抵剧院时，司机突然转头问道："哎，你该不会是说这些企鹅要和史文森的海豹同场演出吧？"

"我不知道节目单上还有什么其他的节目,"波普先生边付钱边说着,"好了,帝王剧院已经到了。"他们蜂拥下车,在舞台入口处排队等候演出。

一个壮硕魁梧的红脸大汉站在舞台侧翼。"这就是所谓的波普演艺企鹅,是吗?"他说着,"喂,波普先生,我得告诉您,我叫史文·史文森,现在正在台上表演的是我的海豹,如果你的企鹅干出什么蠢事来,那他们的下场可就难说了。我的海豹剽悍得很呢,看到了吗?他们吃掉你两三只企鹅可算不上什么难事儿。"

台上的海豹正在表演,传来阵阵粗鲁的吼叫声。

"孩子他爸,"波普太太说道,"企鹅今天出演压轴,你赶快再去叫辆出租车,我们让企鹅出去兜一兜风,轮到他们表演的时候再回来。"

波普先生急忙跑出去叫回司机。

但等他返回时,已经太迟了。波普演艺企鹅已经发现了史文森海豹。

"爸爸,我们不敢看哪!"孩子们高喊道。

台上传来一阵可怕的混乱声,观众也一片骚动,剧院赶忙鸣铃拉下帷幕。

波普全家冲到台上时,企鹅和海豹早已找到了通往史文森化妆间的楼梯,而且还一同上楼去了。

"我实在不敢想象那里头会发生什么事。"波普先生

全身战栗着。

史文森先生咧嘴笑着,"波普,我希望你的企鹅都买了保险了,他们值多少啊?哎,我们上去瞧瞧吧。"

"孩子他爸,你上去,"波普太太着急地说,"比尔,你快出去找警察来,看是不是可以救下几只企鹅。"

"我去找消防队过来。"珍妮说道。

消防队员全副武装赶到现场。他们架起梯子,从史文森先生化妆间的窗口爬进屋内。当他们发现里头根本没有发生火灾时,都觉得很生气。但当他们又看到六只黑髭海豹端坐在房间中央吼叫,而十二只企鹅在它们四周围成一个正方形快活地列队行进时,又不禁哑然失笑了。

接着巡逻警员也赶到了现场,他们顺着消防队员架在墙边的梯子往上爬,来到屋内,他们也被眼前的一幕惊呆了。原来那些消防队员把自己的头盔戴在了企鹅头上,把这群兴致勃勃的企鹅弄得十分可笑。

看到消防队员对企鹅如此偏袒,警察们自然加入了海豹一方,也把自己的帽子扣在海豹头上。

波普和史文森两位先生终于将门打开,企鹅正头顶着消防队员的头盔在警察面前列队行进,而海豹则戴着警盔不断向消防队员狂吼。

波普先生坐下身来,紧张的情绪瞬间松弛,好一会

儿都无法开口说话。

"你们这些警察现在最好取下海豹头上的警盔,"史文森先生说道,"我得回到台上完成表演。"说完便领着六只海豹悄悄溜出房间。

"那么就再见啰,鸭鸭们。"消防队员说,意犹未尽地取下企鹅脑袋上的头盔,重新戴在自己头上,然后顺着楼梯爬下去了。企鹅们也想跟过去,但波普先生把他们拉了回来。

这时房门霍地打开,剧院经理冲了进来。

"抓住那个人!"他指着波普先生对警察吼道,"我有权逮捕他。"

"逮捕谁?我?"波普先生一脸惶惑地问道,"我做了什么?"

"你闯进我的剧院,在这里制造恐慌。这就是你干的好事,你破坏剧场秩序。"

"但我是波普先生呀,这些都是我的演艺企鹅,红遍各大海岸的啊!"

"我才不管你是谁,你在我的剧院里根本没节目。"

"可是葛林邦先生答应支付我们在帝王剧院的演出酬劳,一星期五千美元。"

"葛林邦先生的剧院是皇家剧院,不是帝王剧院,你找错地方了。别说了,你出去,你和你的演艺企鹅都出去,警察在外头等着呢。"

第十九章

杜雷克上将

于是,波普先生连同库克上校、葛蕾塔、哥伦比亚、露易莎、尼尔森、简妮、麦格伦、艾德琳娜、斯高特、依莎贝拉、费德南,以及维多利亚,就这样被驱逐出去,全数带进巡逻车里押往警察局。

警官端坐办公桌前,对于波普先生的辩解无动于

衷。

"你这样闯进人家剧院,他们经理都急了,所以我现在得扣留你,你们就待在一间还算不错的拘留室里吧,那儿挺安静的。除非你能交出保释金,我现在规定,你个人的保释金是五百美元,这些企鹅每只各需一百美元。"

波普先生当然付不出这么大一笔保释金,便打电话回旅馆向妻子求救,可是波普太太也束手无策。旅馆这头,他们已经预付了几天住宿费,她手头已经没有现金了,而最后一个星期演出的支票,一直要到这个星期结束才能领取。事实上,看来波普一家根本没有机会拿到那张支票了,因为他们压根儿就无法把企鹅弄出警察局,并获得足够的时间在皇家剧院完成演出。

波普先生心里清楚,如果能跟葛林邦先生联络上,这个好心人一定会把他们保释出去。然而葛林邦先生如今远在西海岸好莱坞某处,波普家实在不知该如何与他联系。

企鹅们待在监狱里穷极无聊。已经星期三了,葛林邦先生仍然音讯全无。星期四紧接而来,企鹅们开始垂头丧气。缺乏运动又加上燥热难耐,这样的考验对他们来说显然是太过严酷了。企鹅们不再作怪,也再不玩乐,连小企鹅们也终日郁闷地呆坐着,波普先生不知道该怎样让他们高兴起来。

MR. POPPER'S PENGUINS

　　波普先生有种预感,他想葛林邦先生或许会在这个星期结束以前出现,与他商谈续约之事。然而星期五也过去了,他依旧音信皆无。

　　到了星期六清晨,波普先生起了个大早,先将头发抹得平整光滑,然后又尽可能将企鹅身上掸干净。他想万一葛林邦先生真的出现,得尽量让这里的一切看起来都还能见人。

　　十点钟左右,走廊里传来一阵脚步声,钥匙叮当作

响,拘留室的门打开了。

"波普先生,你自由了。你的一位朋友来了。"

波普先生带着企鹅走出拘留室。

"你差点就来晚了,葛林邦先生。"他脱口而出。

就在他双眼重新适应外头光线的时候,他看清楚了,站在那里的并非葛林邦先生。

那是个蓄着胡子的魁梧男子,身着耀眼的制服。他微笑着向波普先生伸出手来。

"波普先生,"他开口道,"我是杜雷克上将。"

"杜雷克上将!"波普大气都没敢出一口,"您该不会是从南极回来的吧!"

"正是,"上将答道,"杜雷克南极探险船昨日返航了,你应该已经听说纽约为我们举行的欢迎酒会了,今天报纸上可以看到这则新闻。当我从报上得知你和这些企鹅有了麻烦,我就赶过来了。我还有好多故事要告诉你呢。"

"我们能不能回到旅馆再谈呢?"波普先生问道,"我太太正焦急地等着我们回去呢。"

"当然可以啊!"上将回答。于是他们的队伍浩浩荡荡地返回旅馆,在波普先生的房内全部安顿下来,企鹅也围成一圈准备听故事。这时杜雷克上将开始说了:

"就在我知道自己即将返回美国时,自然而然地想

MR.POPPER'S PENGUINS

起了我曾经赠予企鹅的那位人士;在南极那个地方想听到些什么消息总是很难,我常想着你跟那只企鹅到底相处得如何。昨夜在市长为我们所举办的晚宴上,我听到你带领这批训练有素的企鹅在全国各地演出的消息,而今天早上我拿起报纸所看到的第一件事,竟然是波普先生和他的十二只企鹅仍被困在警察局。但波普先生,怎么会是十二只……"

接下来,波普先生诉说起葛蕾塔如何来到他家伴随库克上校度过寂寞,这些小企鹅又是如何成长,以及在波普家生活窘困之时,这群聪明的小家伙是如何拯救了他们。

"真叫人惊异啊!"杜雷克上将说道,"我这一生中见过的企鹅很多,可是就从来没见过训练得这么好的,这说明耐心与训练的确有效。但是波普先生,现在我们得言归正传了。你大概也知道我不单是在南极探险,同时也去北极。"

"哦,我知道,"波普先生肃然起敬,"您南北两极的探险书我都看过。"

"那好极了,"杜雷克上将继续道,"或许你知道我们这些探险家为什么比较喜欢南极吧?"

"先生,有没有可能是因为企鹅的关系呢?"珍妮发问了,从一开始她便聚精会神地听着。

杜雷克上将轻轻地拍了拍她的头："答对了,小宝贝。两极地带长夜漫漫,如果没有宠物当玩伴,实在是枯燥难熬。当然喽,北极也有北极熊,但你根本不能跟它们'玩'。没有人知道为什么北极没有企鹅。长久以来,美国政府一直希望我率领一支探险队到那里去,目的在于看看能否帮助企鹅在那儿繁殖。波普先生,现在我要切入重点了,你训练这些企鹅功绩卓著,何不让我把他们带到北极去,在那儿繁衍出企鹅种群?"

这时旅馆派人来通知他们,葛林邦先生和另一位先生来了,大家互相握手,接着波普便将他们介绍给上将认识。

"嗯,波普先生,"葛林邦先生开口道,"剧院发生的事情真是糟透了,不过你不用担心,这位是巨星电影公司的老板克莱恩先生,他会让你发一大笔财,你用不着再当穷酸汉了。"

"穷?!"波普先生叫道,"我不穷啊!这些企鹅一星期替我们赚进五千美元的酬劳。"

"哦,五千元,"克莱恩先生说着,"那算什么?零用钱罢了。波普先生,我想让这些企鹅拍电影,我们已经告诉编剧部着手编写他们的故事了。怎么样,我还打算跟你的每一只企鹅分别签约,你跟你太太就可以稳居安逸街,过一辈子舒适生活了。"

"孩子他爸,"波普太太对他耳语道,"我不想住在安逸街,我只想回到傲足街去。"

"波普先生,你最好考虑一下,"上将说道,"我没办法提供给你这些条件。"

"您说那些在北极的人感觉寂寞,是因为那儿没有企鹅吗?"波普先生问道。

"他们真的非常寂寞。"上将回道。

"可是如果北极有企鹅,难道北极熊不会把他们吃了吗?"

"哦,如果是一般的企鹅,那还真是会。"上将想了想说道,"但是波普先生,像你这群训练有素的企鹅就不会被吃掉了。我想以他们的机智,足以将北极熊耍得团团转。"

现在又轮到克莱恩先生说话了。"无论在哪家电影院,美国的小孩都会喜欢看波普演艺企鹅主演的电影。"他说道。

"当然,如果我们在北极繁殖企鹅的试验成功的话,"上将又说,"他们的名字可能要稍微改一下,我想几百年后的科学家会管他们叫作'波普北极企鹅'。"

波普先生静默片刻。

"各位先生,"他说,"很感谢你们两位,我明天就会做出决定。"

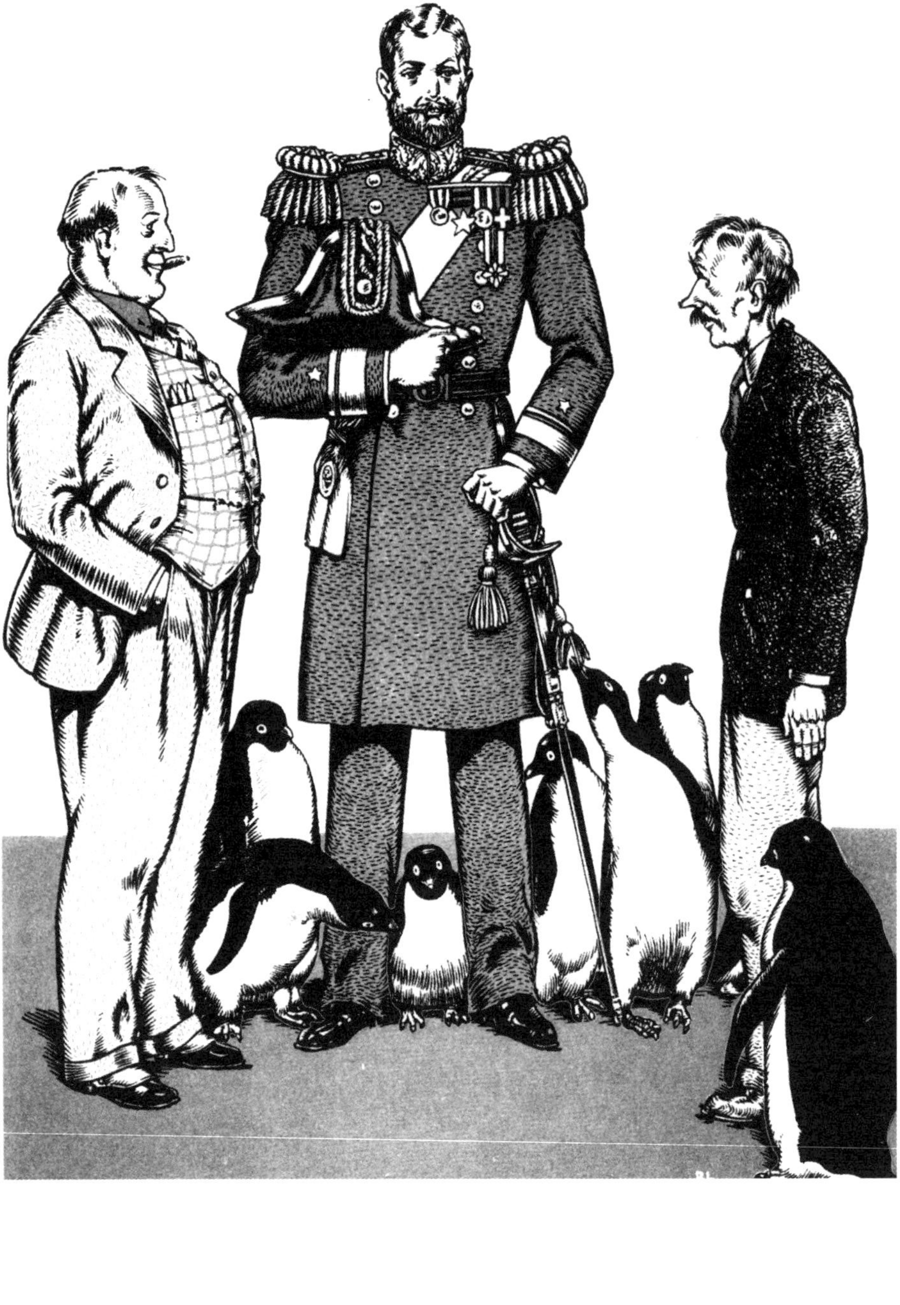

第二十章

再会,波普先生

这真叫人难以抉择。客人离开后,波普夫妇商讨着如何做才能让大家各得其所。波普太太知道两方所提的条件各具诱惑,而她也将这些好处一一指出,但并不想以此影响波普先生的决定。

"我能感觉得到,这些企鹅才是你心头真正的负担,"

她说道,"你必须做个决定。"

波普先生脸色苍白、形容憔悴,他心里已经做出了决定,明天他将宣布这个决定。

"克莱恩先生,"波普先生说,"希望你能了解,我非常感激你力邀我这些企鹅拍电影,但我恐怕还得婉拒你了。我相信好莱坞的生活并不适合这些企鹅。"

接着他转向杜雷克上将:"杜雷克上将,我现在决定把这些企鹅交给您了。我之所以会这么做,完全是为他们考虑。我知道他们跟随我的这段日子,一直都感到舒适又快活;然而就在最近,因为生活扰攘而气候又日渐暖和,我不免要为他们担忧了。这些企鹅为我付出这么多,因此我也应该好好儿报答他们。毕竟他们应归属于气候寒冷的环境。而那些身在北极的人们如果没有企鹅陪伴来消磨时光,我真的觉得是件很遗憾的事情。"

"政府会感激你的,波普先生。"上将回道。

"上将,恭喜你了,"克莱恩先生在一旁开口了,"波普先生,或许你的决定是对的。好莱坞的生活对企鹅来说也许真的压力过重,但我还是希望在他们离开之前,你能允许我在纽约为他们制作一部短片,差不多就是把他们登台演出的内容拍成影片。这部影片会在各地上映,我们会大加宣传:短片主角,就是赫赫有名的波普企鹅,即将跟随杜雷克上将远赴北极,参与美国北极企鹅

繁衍探险活动。"

"这个主意不错。"波普先生说道。

"我们当然也会付钱给你,"克莱恩先生继续说,"但不像签约的数目那么大,而是,嗯,两万五千美元吧。"

"这笔钱或许派得上用场。"波普太太说道。

"从今以后,傲足街四百三十二号将变得异常安静了。"人们离开以后,波普先生这么说。

波普太太并没回答他,她知道说什么话都无法安慰波普先生。

"还好,"波普先生继续说道,"春天也快来了,又有一批人要开始油漆房屋了,我们最好快点回去吧。"

比尔也说道:"不管怎么说,我们今年还捞到了整整十周的假期,静水镇可没有多少小孩子敢说这种话。"

第二天,电影公司的摄影师赶来拍摄企鹅表演的影片。而波普一家也接受安排待在纽约一段时间,等待为远征队送行。

这时,杜雷克上将远赴北极的巨轮也停靠在码头上,每天都有各种物资大箱大箱地搬运到甲板上。企鹅被安置在船上最舒适的地方,因为他们才是这次航行的主角。

库克上校对这艘巨轮非常熟悉,因为它正是当初上将远征时所搭乘的那一艘。库克早在南极时就熟悉了这

艘船，葛雷塔也觉得并不陌生，此时夫妻俩正忙不迭地给小企鹅做导游呢。

水手得知这些特别的小家伙也将与他们一起去探险，个个乐不可支。"这次航程看来真是热闹啊，波普企鹅的确名不虚传。"大家议论着。

一切准备就绪，波普一家跟企鹅分手的日子也来临了。比尔和珍妮在船上跑来跑去，直到跳板拉起时还不愿意离去。上将和两个小鬼以及波普太太一一握手道别，感谢他们协助训练这批与众不同的企鹅，他们将来在科学上必定会有巨大的贡献。

波普先生来到船舱与他的企鹅道别。他首先与小企鹅们道别，然后再向曾经救过库克一命的葛蕾塔道别，最后，波普先生俯下身来对库克上校道声特别的再会。自从这只企鹅走进他的生活，他的人生就发生了彻底的改变。

波普先生擦了擦泪水，挺起胸，来到甲板上向杜雷克上将道别。

"再见了，杜雷克上将。"

"再见？"上将重复着他的话，"怎么，你不跟我们一起去吗？"

"我？跟你们到北极去？！"

"当然啦，波普先生。"

"可是我怎么能跟你们去呢?我又不是探险家或科学家,我只不过是个房屋油漆匠罢了。"

"你是这些企鹅的监护人吧?"上将大声道,"你听着,我们难道不是为了这些企鹅才实施这整个远征计划的吗?如果你不跟着去,谁又能保证他们健康快乐?快点!像我们这样穿上毛皮大衣,船马上就要起航了。"

"孩子他妈!"波普先生朝已经离开甲板的妻子喊道,"我也要去!我也要去!杜雷克上将说他需要我。孩子他妈,你介不介意我一两年都不回家?"

"哦,这个嘛,"波普太太应道,"老头子,我会非常想念你的。我们现在已经有足够的钱可以过上好几年了,而且冬天的时候少了一个男人成天坐在屋里,要保持屋子整洁也简单多了。我现在就回静水镇去,明天又是妇援传教团聚会的日子,我现在启程正好赶得上。再见了,老头子,祝你走运!"

"再见!祝爸爸好运!"孩子们也应和着。

企鹅们听到大家的喊声,都急忙走到甲板上。他们站在上将和波普先生身边,庄严地挥动着鳍肢向人们告别。此时巨轮缓缓驶入河心,驶向海洋的那一方。

THE END

写给有梦想的人

卢　珍/图书编辑

《波普先生的企鹅》诞生于20世纪30年代。那是一个电视尚且没有普及的时代，更不用说电脑、互联网这些高科技的产物了。人们认识未知世界的途径不外乎书籍、电影和广播这么有限的几种。世界是如此之大、如此陌生，而只有梦想可以穿越时间和空间，自由地飞翔。

理查德·阿特沃特本是一名教授希腊文的教师，在与女儿们一起观赏一部极地影片时触发了写作《波普先生的企鹅》的灵感。写作过程一波三折，理查德中途便中风病倒，妻子弗洛伦斯接过他手中的笔，继续描画理查德心中美好的蓝图。就在那个资讯严重匮乏的时代，阿特沃特夫

妇用他们卓越的想象力和未泯的童心，创作出了这样一部优秀的小说，即使在今天读来，随着跌宕起伏的情节，我们仍会不由自主地和书中人物一起或喜或悲，体味人生的喜乐与哀愁。

　　这本书的主角——波普先生，正像作者本人一样，也是一个执著、勇敢，有着浓浓孩子气的大人。他发狂一般地痴迷于极地探险，只要是关于南北极的东西他无一不热衷，虽然他只是个不起眼的油漆匠，但他心中永远葆有一个远大的梦想——到极地去探险。

　　与传记等纪实性文学不同，小说最大的魅力来自于它的虚构。在这里，作者就给他的主人公安排了一种神奇甚至有些离奇的方式实现了这辈子最想但也是最不敢想的梦想。从写信给远在南极的杜雷克上将，到收到一只快递企鹅，再到"波普演艺企鹅"红遍全国，最后和那些小家伙们一同奔赴北极，波普先生的一连串奇遇真是出人意料。但仔细想想，又确在情理之中。如果不是因为波普先生发自内心地热衷于极地探险，他就不会写信给杜雷克上将一诉衷肠，那么他也就不可能得到一只从南极寄来的企鹅；如果不是因为波普先生平时注意搜集一切有关南极的资料，他就不可能对企鹅的习性、生活环境了如指掌，那么库克上校就不可能在远离南极的地方健康地生存下来，并且生儿育女，繁衍出一个其乐融融的大家庭；如果不是因为波普先生对企鹅真心的爱护，他们就不可能跟随杜雷克上将重归极地，那么波普先生也不可能得到去北极的机会。

一切都是那么顺理成章。我们在感叹作者对情节驾驭能力之强的同时，也深深地被这种浪漫主义精神打动了。忆起儿时，我们每个人都会拥有一个隐藏于内心深处的小小梦想吧，可对于大多数人来说，儿时的那些憧憬到现在恐怕仍然只是一个美好的梦境，岁月的蚕食、现实的残酷，可能早已把我们身体中与生俱来的那种原始的激情消磨殆尽了。面对理想，我们知难而退了，也许是因为不舍得放弃现在拥有的东西，也许是因为我们已经学会了"理智"，"理智"地认定那些梦想是多么不切实际，多么可望而不可即。

可是，我们的这些理由和借口是那么不堪一击，仅凭一位心地单纯、执著，甚至有点一根筋的波普先生，就足以轻轻巧巧地把它们化为齑粉。波普先生没有显赫的地位，没有无量的财富，仅仅凭着对极地探险的无限热爱和一颗纯真善良的心，终于完成了在旁人包括家人看来都是天方夜谭的伟大奇迹，这怎么能不令在现实面前畏缩却步的我们汗颜呢？

至此，我相信，已经没有人再去追究这个故事到

底有几分真实几分荒诞,阿特沃特夫妇创造了一个实现了人生最大梦想的波普先生,同时,波普先生也成就了阿特沃特夫妇长久以来的梦想。不论你有什么样的梦想,只要你敢于追求并为之不懈努力,还有什么是不可能的呢?我想,这才是作者通过这部小说最想要告诉我们的吧!